La poésie
baroque

Anthologie et dossier réalisés par
Vincent Vivès

Lecture d'image par
Alain Jaubert

folioplus
classiques

Vincent Vivès est maître de conférence à l'université de Provence Aix-Marseille III en Lettres Modernes. Centrant ses recherches sur les relations entre philosophie, musique et littérature, il a publié une *Histoire et poétique de la mélodie française* (CNRS éditions) et un essai : *La Beauté et sa part maudite* (Presses universitaires de Provence). Aux éditions Gallimard, il a accompagné la lecture des *Calligrammes* d'Apollinaire et proposé une anthologie de la poésie de Victor Hugo dans la collection « La bibliothèque Gallimard ».

Alain Jaubert est écrivain et réalisateur. Après avoir été enseignant dans des écoles d'art et journaliste, il est devenu aussi documentariste. Il est l'auteur de nombreux portraits d'écrivains ou de peintres contemporains pour la télévision. Il est également l'auteur-réalisateur de Palettes, une série de films diffusée depuis 1990 sur la chaîne Arte et consacrée à la lecture de grands tableaux de l'histoire de la peinture.

Sommaire

Protée et l'inconstance

« Au commencement, il y avait Protée. Protée est le premier emblème de l'homme baroque, il désigne sa passion de la métamorphose jointe au déguisement, son goût de l'éphémère, de la "volubilité", et de l'inachevé. Il incarne une inconstance foncière. »

JEAN ROUSSET

Protée est une divinité mineure au service de Poséidon. Il a le pouvoir de changer de forme à volonté, mais reprend sa forme première si on le maintient fermement. Ayant le don de prophétie, il se métamorphose pour éviter de répondre aux questions qui lui sont posées. Ainsi est-il la personnification idéale du questionnement du monde baroque, toujours en quête d'un sens qui fuit. L'inconstance est le résultat de cette instabilité de l'univers, où les amants changeant de sentiments, où les objets de la nature métamorphosant leur image participent au mouvement perpétuel d'un monde trompeur, artificiel, indéchiffrable.

JEAN DE LA FONTAINE (1621-1695)
Les Amours de Psyché et de Cupidon, 1669

La grotte de Versailles

Le dedans de la grotte[1] est tel que les regards,
Incertains de leur choix, courent de toutes parts.
Tant d'ornements divers, tous capables de plaire,
Font accorder le prix tantôt au statuaire,
Et tantôt à celui dont l'art industrieux
Des trésors d'Amphitrite[2] a revêtu ces lieux.
La voûte et le pavé sont d'un rare assemblage :
Ces cailloux que la mer pousse sur son rivage,
Ou qu'enferme en son sein le terrestre élément,
Différents en couleur, font maint compartiment.
Au haut de six piliers d'une égale structure,
Six masques de rocaille, à grotesque figure,
Songes de l'art, démons bizarrement forgés,

---

1. Il s'agit de la grotte de Téthys, qui fut la grande merveille des jardins du premier Versailles de Louis XIV. Elle fut détruite pour faire place à la nouvelle aile du château.
2. Déesse de la mer, épouse de Poséidon (Neptune).

Au-dessus d'une niche en face sont rangés.
De mille raretés la niche est toute pleine :
Un Triton d'un côté, de l'autre une Sirène [1],
Ont chacun une conque en leurs mains de rocher ;
Leur souffle pousse un jet qui va loin s'épancher.
Au haut de chaque niche, un bassin répand l'onde ;
Le masque la vomit de sa gorge profonde ;
Elle retombe en nappe et compose un tissu
Qu'un autre bassin rend sitôt qu'il l'a reçu.
Le bruit, l'éclat de l'eau, sa blancheur transparente,
D'un voile de cristal alors peu différente,
Font goûter un plaisir de cent plaisirs mêlé.
Quand l'eau cesse, et qu'on voit son cristal écoulé,
La nacre et le corail en réparent l'absence :
Morceaux pétrifiés, coquillage, croissance,
Caprices infinis du hasard et des eaux [...]
[...] L'onde tient sa partie : il se forme un concert
Où Philomèle [2], l'eau, la flûte, enfin tout sert.
Deux lustres de rochers de ces voûtes descendent ;
En liquide cristal leurs branches se répandent ;
L'onde sert de flambeaux, usage tout nouveau.
L'art en mille façons a su prodiguer l'eau ;
D'une table de jaspe un jet part en fusée ;
Puis en perles retombe, en vapeur, en rosée.
L'effort impétueux dont il va s'élançant
Fait frapper le lambris au cristal jaillissant ;
Telle et moins violente est la balle enflammée.
L'onde, malgré son poids, dans le plomb renfermée,
Sort avec un fracas qui marque son dépit,
Et plaît aux écoutants, plus il les étourdit.

---

1. Triton : fils de Poséidon, dieu de la mer, et d'Amphitrite. Sirène :
démon féminin de la mythologie grecque qui attirait les marins dans
la mer par ses chants mélodieux.
2. Princesse légendaire d'Athènes transformée en rossignol.

Mille jets, dont la pluie à l'entour se partage,
Mouillent également le prudent et le sage.
Craindre ou ne craindre pas à chacun est égal :
Chacun se trouve en butte au liquide cristal.
Plus les jets sont confus, plus leur beauté se montre ;
L'eau se croise, se joint, s'écarte, se rencontre,
Se rompt, se précipite à travers les rochers,
Et fait comme alambics distiller leurs planchers.
Niches, enfoncements, rien ne sert de refuge :
Ma Muse est impuissante à peindre ce déluge ;
Quand d'une voix de fer je frapperais les cieux,
Je ne pourrais nombrer les charmes de ces lieux.

JEAN DE LA FONTAINE (1621-1695)
Le Songe de Vaux, 1659

Le songe de Vaux

[...] J'embellis les fruits et les fleurs ;
Je sais parer Pomone et Flore[1],
C'est pour moi que coulent les pleurs
Qu'en se levant verse l'Aurore.
Les vergers, les parcs, les jardins,
De mon savoir et de mes mains
Tiennent leurs grâces nonpareilles ;
Là j'ai des prés, là j'ai des bois ;
Et j'ai partout tant de merveilles
Que l'on s'égare dans leur choix.

---

1. Divinités romaines des fruits et des fleurs.

Je donne au liquide cristal
Plus de cent formes différentes,
Et le mets tantôt en canal,
Tantôt en beautés jaillissantes ;
On le voit souvent par degrés
Tomber à flots précipités ;
Sur des glacis je fais qu'il roule,
Et qu'il bouillonne en d'autres lieux ;
Parfois il dort, parfois il coule,
Et toujours il charme les yeux [...]

GABRIEL DU BOIS HUS (1599-1655)
Nuit des Nuits, 1627

Feux d'artifice

    [...] Un escadron d'astres nouveaux
    Faits d'artificieux flambeaux
    Consomme les nuages sombres,
Tous les jours et les nuits sont également clairs,
    Et pour brûler les ombres
Les étoiles de l'art allument tous les airs.

    Les jours les plus délicieux
    Que les matins tirent des yeux
    De tant de riantes aurores
N'ont point de beaux rayons qui ne paraissent noirs,
    Au prix des météores
Que l'art fait éclater sur la face des soirs [...]

GEORGES DE SCUDÉRY (1601-1667)
Poésies diverses, 1649

La fontaine de Vaucluse

Mille, et mille bouillons, l'un sur l'autre poussés,
Tombent en tournoyant, au fond de la vallée ;
Et l'on ne peut trop voir la beauté signalée
Des torrents éternels, par les nymphes versés.

Mille, et mille surgeons, et fiers, et courroucés,
Font voir de la colère à leur beauté mêlée ;
Ils s'élancent en l'air, de leur source gelée,
Et retombent après, l'un sur l'autre entassés.

Ici l'eau paraît verte, ici grosse d'écume,
Elle imite la neige, ou le cygne en sa plume ;
Ici comme le ciel, elle est toute d'azur ;

Ici le vert, le blanc, et le bleu se confondent ;
Ici les bois sont peints dans un cristal si pur ;
Ici l'onde murmure, et les rochers répondent.

| FRANÇOIS DE MALHERBE (1555-1628)
| Recueil, 1627

Chanson

Sus debout, la merveille des belles,
Allons voir sur les herbes nouvelles
Luire un émail dont la vive peinture
Défend à l'art d'imiter la nature.

L'air est plein d'une haleine de roses,
Tous les vents tiennent leurs bouches closes,
Et le soleil semble sortir de l'onde
Pour quelque amour plus que pour luire au monde.

On dirait, à lui voir sur la tête
Ses rayons comme un chapeau de fête,
Qu'il s'en va suivre en si belle journée
Encore un coup la fille du Pénée [1].

Toute chose aux délices conspire ;
Mettez-vous en votre humeur de rire ;
Les soins profonds d'où les rides nous viennent,
À d'autres ans qu'aux vôtres appartiennent.

Il fait chaud, mais un feuillage sombre,
Loin du bruit, nous fournira quelque ombre
Où nous ferons parmi les violettes
Mépris de l'ambre et de ses cassolettes. [...]

---

1. Daphné était fille du Pénée, fleuve de Thessalie. Apollon, dieu solaire, le poursuivit.

| THÉOPHILE DE VIAU (1590-1626)
| Maison de Sylvie, 1624

Ode

Dans ce parc un vallon secret
Tout voilé de ramages sombres,
Où le soleil est si discret
Qu'il n'y force jamais les ombres,
Presse d'un cours si diligent
Les flots de deux ruisseaux d'argent
Et donne une fraîcheur si vive
À tous les objets d'alentour,
Que même les martyrs d'Amour
Y trouvent leur douleur captive.

Un étang dort là tout auprès,
Où ces fontaines violentes
Courent, et font du bruit exprès
Pour éveiller ses vagues lentes.
Lui d'un maintien majestueux
Reçoit l'abord impétueux
De ces Naïades[1] vagabondes,
Qui dedans ce large vaisseau
Confondent leur petit ruisseau
Et ne discernent plus ses ondes.

Là Mélicerte[2], en un gazon
Frais de l'étang qui l'environne,
Fait aux cygnes une maison

---

1. Divinités grecques des sources et des rivières.
2. Déesse des eaux.

Qui lui sert aussi de couronne.
Si la vague qui bat ses bords
Jamais avecques des trésors
N'arrive à son petit empire,
Au moins les vents et les rochers
N'y font point crier les nochers[1]
Dont ils ont brisé les navires.

JACQUES DAVY DU PERRON
(1556-1618)
Diverses œuvres, 1622

Le temple de l'inconstance

Je veux bâtir un temple à l'Inconstance ;
Tous amoureux y viendront adorer,
Et de leurs vœux jour et nuit l'honorer,
Ayant le cœur touché de repentance.

De plume molle en sera l'édifice,
En l'air fondé sur les ailes du vent,
L'autel de paille, où je viendrai souvent
Offrir mon cœur par un feint sacrifice.

Tout à l'entour je peindrai mainte image
D'erreur, d'oubli, et d'infidélité,
De fol désir, d'espoir, de vanité,
De fiction, et de penser volage.

---

1. Ceux qui conduisent une embarcation.

Pour le sacrer, ma légère maîtresse
Invoquera les ondes de la mer,
Les vents, la lune, et nous fera nommer
Moi le templier, et elle la prêtresse.

Elle, séant ainsi qu'une Sibylle [1]
Sur un trépied tout pur de vif-argent,
Nous prédira ce qu'elle ira songeant
D'une pensée inconstante et mobile.

Elle écrira sur des feuilles légères
Les vers qu'alors sa fureur chantera,
Puis à son gré le vent emportera
Deçà delà ses chansons mensongères.

Elle enverra jusqu'au ciel la fumée
Et les odeurs de mille faux serments ;
La déité qu'adorent les amants
De tels encens veut être parfumée.

Et moi, gardant du saint temple la porte,
Je chasserai tous ceux-là qui n'auront
En lettres d'or engravé sur le front
Le sacré nom, de léger, que je porte.

De faux soupirs, de larmes infidèles
J'y nourrirai le muable Protée [2],
Et le serpent qui de vent allaité
Déçoit nos yeux de cent couleurs nouvelles [3].

---

1. Femme inspirée qui, dans l'Antiquité, prédisait l'avenir.
2. Protée, fils de l'Océan et de Téthys, pouvait prendre à son gré toutes les formes qu'il souhaitait.
3. Il s'agit du caméléon dont on croyait à l'époque qu'il se nourrissait de vent.

Fille de l'air, déesse secourable,
De qui le corps est de plumes couvert,
Fais que toujours ton temple soit ouvert
À tout amant comme moi variable.

CLAUDE HOPIL (avant 1585 - après 1633)
Mélange de Poésie, 1603

Que le monde est constant...

Que le monde est constant en stabilité,
Si l'on jouit d'une aise, au moins de l'apparence,
Tantôt le sort muable en tranche l'espérance,
Et tout est envieux de la félicité ;

Or, j'étais dédaigné de la feinte beauté
Qui, par mille tourments, a prouvé ma constance,
Ores, de mes douleurs, elle prend connaissance,
Puis volage se rit de mon infirmité.

Hélas ! tous les malheurs sont la même assurance
Et l'espoir, ici-bas, l'ombre d'une espérance,
Qui, vaine, se présente et trompe nos malheurs :

L'heur[1] du monde, et d'amour, est une joie amère,
Car le monde n'est rien qu'un enfer de misère,
Et l'amour en effet qu'un monde de douleurs.

---

1. Bonne fortune.

VINCENT VOITURE (1597-1648)
Poésies, 1650

Sonnet à Monseigneur le Cardinal Mazarin, sur la Comédie des Machines

Quelle docte Circé[1], quelle nouvelle Armide[2]
Fait paraître à nos yeux ces miracles divers,
Et depuis quand les corps par le vague des airs
Savent-ils s'élever d'un mouvement rapide ?

Où l'on voyait l'azur de la campagne humide,
Naissent des fleurs sans nombre, et des ombrages verts ;
Des globes étoilés les palais sont ouverts,
Et les gouffres profonds de l'empire liquide.

Dedans un même temps nous voyons mille lieux,
Des ports, des ponts, des tours, des jardins spacieux,
Et dans un même lieu, cent scènes différentes.

Quels honneurs te sont dus, grand et divin prélat,
Qui fais que désormais tant de faces changeantes
Sont dessus le théâtre, et non pas dans l'État[3] ?

---

1. Magicienne grecque qui tomba amoureuse d'Ulysse.
2. Magicienne qui ensorcela le chevalier Renaud.
3. Poème écrit à propos des premiers opéras joués à Paris, où les effets merveilleux créés par les machineries avaient captivé le public. Ces œuvres avaient été données à l'instigation de Mazarin, premier ministre de Louis XIII.

JEAN DE SPONDE (1557-1595)
Les Amours, posthume

Je sens dedans mon âme...

Je sens dedans mon âme une guerre civile,
D'un parti ma raison, mes sens d'autre parti,
Dont le brûlant discord[1] ne peut être amorti
Tant chacun son tranchant l'un contre l'autre affile.

Mais mes sens sont armés d'un verre si fragile
Que si mon cœur[2] bientôt ne s'en est départi
Tout l'heur[3] vers ma raison se verra converti,
Comme au parti plus fort, plus juste et plus utile.

Mes sens veulent ployer sous ce pesant fardeau
Des ardeurs que me donne un éloigné flambeau,
Au rebours la raison me renforce au martyre.

Faisons comme dans Rome, à ce peuple mutin
De mes sens inconstants arrachons-les enfin,
Et que notre raison y plante son Empire.

---

1. Querelle.
2. Sens ancien : courage.
3. Bonne fortune.

ÉTIENNE DURAND (1586-1618)
Livre d'Amour, 1611

Stances à l'inconstance

Esprit des beaux esprits, vagabonde inconstance,
Qu'Éole Roi des vents avec l'onde conçut,
Pour être de ce monde une seconde essence,
Reçois ces vers sacrés à ta seule puissance
Aussi bien que mon âme autrefois te reçut.

Déesse qui partout et nulle part demeure,
Qui préside à nos jours, et nous porte au tombeau,
Qui fais que le désir d'un instant naisse et meure,
Et qui fais que les Cieux se tournent à toute heure,
Encore qu'il ne soit rien ni si grand, ni si beau.

Si la terre pesante en sa base est contrainte,
C'est par le mouvement des atomes divers,
Sur le dos de Neptun[1] ta puissance est dépeinte,
Et les saisons font voir que ta Majesté sainte
Est l'âme qui soutient le corps de l'Univers.

Notre esprit n'est que vent, et comme un vent volage,
Ce qu'il nomme constance est un branle[2] rétif.
Ce qu'il pense aujourd'hui demain n'est qu'un ombrage,
Le passé n'est plus rien, le futur un nuage,
Et ce qu'il tient présent il le sent fugitif.

---

1. Neptune, dieu des eaux dans la mythologie romaine, identifié au Poséidon grec.
2. Oscillation, mouvement de balancement.

Je peindrais volontiers mes légères pensées,
Mais déjà le pensant mon penser est changé,
Ce que je tiens m'échappe, et les choses passées,
Toujours par le présent se tiennent effacées,
Tant à ce changement mon esprit est rangé.

Aussi depuis qu'à moi ta grandeur est unie,
Des plus cruels dédains j'ai su me garantir,
J'ai gaussé les esprits, dont la folle manie
Esclave[1] leur repos sous une tyrannie,
Et meurent à leur bien pour vivre au repentir.

Entre mille glaçons je sais feindre une flamme,
Entre mille plaisirs je fais le soucieux,
J'en porte une à la bouche, une autre dedans l'âme,
Et tiendrais à péché, si la plus belle dame
Me retenait le cœur plus longtemps que les yeux.

Doncques fille de l'air de cent plumes couverte,
Qui de serf que j'étais m'a mis en liberté,
Je te fais un présent des restes de ma perte,
De mon amour changé, de sa flamme déserte,
Et du folâtre objet qui m'avait arrêté.

Je te fais un présent d'un tableau fantastique,
Où l'amour et le jeu par la main se tiendront,
L'oubliance, l'espoir, le désir frénétique,
Les serments parjurés, l'humeur mélancolique,
Les femmes et les vents ensemble s'y verront.

Les sables de la mer, les orages, les nues,
Les feux que font en l'air les tonnantes chaleurs,
Les flammes des éclairs plutôt mortes que vues,
Les peintures du Ciel à nos yeux inconnues
À ce divin tableau serviront de couleurs.

---

1. Il faut comprendre : « Rend esclave ».

Pour un temple sacré je te donne ma Belle,
Je te donne son cœur pour en faire un autel,
Pour faire ton séjour tu prendras sa cervelle,
Et moi je te serai comme un prêtre fidèle,
Qui passera ses jours en un change[1] immortel.

PONTUS DE TYARD (1521-1605)
Douze Fables de fleuves et de fontaines, 1585

Neuvième fable du fleuve Salmace, qui fait les Hermaphrodites

Hermaphrodite, fils de Mercure et de Vénus[2], desquels il porte le nom, était auprès du fleuve Salmace, dedans lequel ordinairement demeurait une Nymphe, de même nom que le fleuve. Cette Nymphe énamourée d'Hermaphrodite, et le trouvant rebours et dédaigneux à l'amour, se cacha, épiant la commodité pour le surprendre. Le jeune Hermaphrodite ne se doutant de rien, se dépouilla, et nu entra dedans le fleuve, pour se baigner; là accourut Salmace, et l'embrassant essaya de l'inciter à lui donner plaisir, mais ce fut en vain. Elle donc le tenant embrassé, impétra des Dieux qu'elle ne fût jamais séparée de lui; et furent si conjoints, que leurs deux corps assemblés devinrent un. Alors Her-

---

1. Troc, échange.
2. Hermaphrodite est le fils d'Hermès et d'Aphrodite. Il refuse l'amour d'une nymphe qui s'unit à lui en l'enlaçant. Les dieux exaucent la prière de cette dernière et ne font des deux corps qu'une seule personne à la double nature. «Mercure» est le nom romain du dieu grec Hermès. «Vénus» est le nom romain de la déesse grecque Aphrodite.

maphrodite, par une autre requête, impétra de Vénus que quiconque entrerait en ce fleuve, devînt composé des deux sexes, tels que sont en ce temps les hermaphrodites.

Description de la Peinture

Faudrait que dedans un fleuve, sur le bord duquel seraient les vêtements d'Hermaphrodite, une Nymphe nue tint ledit Hermaphrodite embrassé, et Hermaphrodite essayant de lui échapper et de se défaire d'elle : leurs deux corps seraient (comme un commencement de transformation) déjà joints ensemble, comme s'ils n'étaient qu'un, combien que la tête, les bras, et les jambes fussent encore séparés. Vénus et Mercure se verraient en quelque image par l'air, qui, comme parlant ensemble, regarderaient cette métamorphose.

Épigramme de Salmace

À peine avait seize ans, de la belle Vénus
Et du Cyllénien[1] la jeune et chère race,
Quand, au temps que Phébus[2] son plus long chemin trace,
Dans un fleuve il voulut baigner ses membres nus.
    Mes souhaits, dit Salmace, ore[3] sont advenus.
Ce disant, elle court, entre en l'eau et l'embrasse.
La peur saisit le cœur, et la honte la face
D'Hermaphrodit[4] qui n'a les feux d'Amour connu.
    Plus la Nymphe l'étreint, plus d'échapper il tâche,
Dea[5], dit-elle, fâcheux, donc ma beauté te fâche.
Si faut-il qu'à jamais ton corps au mien s'assemble.
    Soit ainsi, dit Vénus, mais aussi vrai sera
Que quiconque en ton fleuve, ô Salmace, entrera,
Aura, comme vous deux, les deux sexes ensemble.

---

1. Désigne Hermès.
2. Le soleil.
3. Désormais.
4. « Hermaphrodit » pour « Hermaphrodite », voir note 2, p. 21.
5. Exclamation qui marque l'étonnement.

| **HONORÉ D'URFÉ (1567-1625)**
| L'Astrée, 1607

Stances d'Hylas

De son humeur inconstante

Je le confesse bien, Philis[1] est assez belle
      Pour brûler qui le veut ;
Mais que, pour tout cela, je ne sois que pour elle,
      Certes il ne se peut.

Lorsqu'elle me surprit, mon humeur en fut cause,
      Et non pas sa beauté ;
Ores[2] qu'elle me perd, ce n'est pour autre chose
      Que pour ma volonté.

J'honore sa vertu, j'estime son mérite
      Et tout ce qu'elle fait ;
Mais veut-elle savoir d'où vient que je la quitte ?
      C'est parce qu'il me plaît.

Chacun doit préférer, au moins s'il est bien sage,
      Son propre bien à tous ;
Je vous aime, il est vrai, je m'aime davantage :
      Si faites-vous bien, vous.

---

1. Philis est le nom d'une des jeunes femmes qui, comme Chloris et bien d'autres, représentent dans la poésie pastorale les jeunes et belles maîtresses. Ces stances sont extraites du roman *L'Astrée*. Hylas y représente l'inconstance, contre Silvandre, symbole de la fidélité.
2. À cette heure.

Bergers, si dans vos cœurs ne régnait la feintise[1],
        Vous en diriez autant ;
Mais j'aime beaucoup mieux conserver ma franchise
        Et me dire inconstant.

Qu'elle n'accuse donc sa beauté d'impuissance,
        Ni moi d'être léger ;
Je change, il est certain ; mais c'est grande prudence
        De savoir bien changer.

Pour être sage aussi, qu'elle en fasse de même,
        Égale en soit la loi
Que s'il faut, par destin, que la pauvrette m'aime,
        Qu'elle m'aime sans moi !

___

1. Dissimulation.

GEORGES DE SCUDÉRY (1601-1667)
Poésies diverses, 1649

Pour une inconstante

Elle aime, et n'aime plus, et puis elle aime encore,
La volage beauté que je sers constamment;
L'on voit ma fermeté; l'on voit son changement;
Et nous aurions besoin, elle et moi, d'ellébore[1].

Cent fois elle brûla du feu qui me dévore;
Cent fois elle éteignit ce faible embrasement;
Et semblable à l'Égypte, en mon aveuglement,
C'est un caméléon que mon esprit adore.

Puissant maître des sens, écoute un malheureux;
Amour, sois alchimiste, et sers-toi de tes feux,
À faire que son cœur prenne une autre nature;

Comme ce cœur constant me serait un trésor,
Je ne demande point que tu fasses de l'or,
Travaille seulement, à fixer ce mercure.

---

1. Plante vivace qui passait autrefois pour guérir la folie.

PIERRE DE MARBEUF (1596-1645)
Recueil de vers, 1628

Et la mer et l'amour...

Et la mer et l'amour ont l'amer pour partage,
Et la mer est amère, et l'amour est amer,
L'on s'abîme en l'amour aussi bien qu'en la mer,
Car la mer et l'amour ne sont point sans orage.

Celui qui craint les eaux, qu'il demeure au rivage,
Celui qui craint les maux qu'on souffre pour aimer,
Qu'il ne se laisse pas à l'amour enflammer,
Et tous deux ils seront sans hasard de naufrage.

La mère de l'amour eut la mer pour berceau,
Le feu sort de l'amour, sa mère sort de l'eau,
Mais l'eau contre ce feu ne peut fournir des armes.

Si l'eau pouvait éteindre un brasier amoureux,
Ton amour qui me brûle est si fort douloureux,
Que j'eusse éteint son feu de la mer de mes larmes.

JEAN DE SPONDE (1557-1595)
Les Amours, posthume

Mon dieu,...

Mon dieu, que je voudrais que ma main fût oisive,
Que ma bouche et mes yeux reprissent leur devoir !
Écrire est peu : c'est plus de parler et de voir,
De ces deux œuvres l'une est morte et l'autre vive.

Quelque beau trait d'amour que notre main écrive,
Ce sont témoins muets qui n'ont pas le pouvoir
Ni le semblable poids, que l'œil pourrait avoir
Et de nos vives voix la vertu plus naïve.

Mais quoi ! n'étaient encore ces faibles étançons [1]
Et ces fruits mi-rongés dont le nourrissons [2],
L'amour mourrait de faim et cherrait [3] en ruine :

Écrivons, attendant de plus fermes plaisirs,
Et si le temps domine encore sur nos désirs,
Faisons que sur le temps la constance domine.

---

1. Pièces de bois qui servent à soutenir un mur.
2. Dont nous le nourrissons.
3. Tombait.

La beauté de Diane

Circé est la magicienne qui se joue des hommes. Mais c'est Diane qui éclaire le monde baroque par sa beauté. C'est la vierge guerrière, l'Artémis des Grecs, traversant le ciel sous la céleste figure de l'astre lunaire. C'est la sœur d'Apollon, dieu des arts. Mais c'est surtout la personnification de la femme belle, pure, idéale et inaccessible. Le XVIe siècle chante à travers elle certaines des plus célèbres maîtresses : Diane de Poitiers ou encore Diane Salviati (nièce de la Cassandre de Ronsard). L'amour était central dans la poésie de la Renaissance. La poésie baroque s'en empare, lui emprunte bon nombre de ses thèmes. Cependant, l'amour baroque est souvent plus virulent, et se dit sur des tons plus diversifiés. L'éros baroque cherche dans l'être aimé la possession d'un autre, l'éros maniériste au contraire tente de retrouver dans l'objet d'amour un double de lui-même. L'un voit en Diane la cruelle mais belle chasseresse dont la beauté enflamme mais dont les rigueurs peuvent glacer, l'autre ne sait plus si c'est Apollon ou sa sœur qu'il tente d'enlacer.

TRISTAN L'HERMITE (1601-1655)
Les Plaintes d'Acante, 1633

Le promenoir des deux amants

Ode

Auprès de cette grotte sombre
Où l'on respire un air si doux
L'onde lutte avec les cailloux
Et la lumière avecque l'ombre.

Ces flots lassés de l'exercice
Qu'ils ont fait dessus ce gravier
Se reposent dans ce vivier
Où mourut autrefois Narcisse[1].

---

1. Jeune Grec célèbre pour sa beauté. Insensible à la beauté de la nymphe Écho, il se noie dans la fontaine qui lui renvoie sa propre image.

C'est un des miroirs où le faune[1]
Vient voir si son teint cramoisi
Depuis que l'Amour l'a saisi
Ne serait point devenu jaune.

L'ombre de cette fleur vermeille
Et celle de ces joncs pendants
Paraissent être là-dedans
Les songes de l'eau qui sommeille

Les plus aimables influences
Qui rajeunissent l'univers,
Ont relevé ces tapis verts
De fleurs de toutes les nuances.

Dans ce bois ni dans ces montagnes
Jamais chasseur ne vint encore ;
Si quelqu'un y sonne du cor,
C'est Diane avec ses compagnes.

Ce vieux chêne a des marques saintes ;
Sans doute qui le couperait
Le sang chaud en découlerait
Et l'arbre pousserait des plaintes.

Ce rossignol mélancolique
Du souvenir de son malheur
Tâche de charmer sa douleur
Mettant son histoire en musique.

---

1. Divinité de la mythologie grecque qui vivait dans les bois, à tête et tronc humains mais pieds de bouc. Il symbolise la fougue amoureuse.

Il reprend sa note première
Pour chanter d'un art sans pareil
Sous ce rameau que le soleil
A doré d'un trait de lumière.

Sur ce frêne deux tourterelles
S'entretiennent de leurs tourments,
Et font les doux appointements
De leurs amoureuses querelles.

Un jour Vénus avec Anchise [1]
Parmi ses forts [2] s'allait perdant,
Et deux Amours, en l'attendant,
Disputaient pour une cerise.

Dans toutes ces routes divines
Les Nymphes dansent aux chansons,
Et donnent la grâce aux buissons
De porter des fleurs sans épines.

Jamais les vents ni le tonnerre
N'ont troublé la paix de ces lieux,
Et la complaisance des cieux
Y sourit toujours à la terre.

Crois mon conseil, chère Clymène ;
Pour laisser arriver le soir,
Je te prie, allons nous asseoir
Sur le bord de cette fontaine.

---

1. Berger de Troie qui eut un fils, Énée, avec la déesse Aphrodite,
que les Romains nomment Vénus.
2. Dans une retraite cachée et impénétrable.

N'ois-tu pas[1] soupirer Zéphyre[2]
De merveille et d'amour atteint,
Voyant des roses sur ton teint,
Qui ne sont pas de son empire ?

Sa bouche, d'odeurs toute pleine,
A soufflé sur notre chemin,
Mêlant un esprit de jasmin
À l'ambre de ta douce haleine.

Penche la tête sur cette onde,
Dont le cristal paraît si noir ;
Je t'y veux faire apercevoir
L'objet le plus charmant du monde.

Tu ne dois pas être étonnée,
Si, vivant sous tes douces lois,
J'appelle ces beaux yeux mes rois,
Mes astres et ma destinée.

Bien que ta froideur soit extrême,
Si dessous l'habit d'un garçon
Tu te voyais de la façon
Tu mourrais d'amour pour toi-même.

Vois mille amours qui se vont prendre
Dans les filets de tes cheveux
Et d'autres qui cachent leurs feux
Dessous une si belle cendre.

---

1. N'entends-tu pas.
2. Zéphyre, ou Zéphyr, personnification divine grecque du vent
d'ouest.

Cette troupe jeune et folâtre
Si tu pensais la dépiter
S'irait soudain précipiter
Du haut de ces deux monts d'albâtre.

Je tremble en voyant ton visage
Flotter avecque mes désirs
Tant j'ai peur que mes soupirs
Ne lui fassent faire naufrage.

De crainte de cette aventure,
Ne commets pas si librement
À cet infidèle élément
Tous les trésors de la nature.

Veux-tu par un doux privilège
Me mettre au-dessus des humains ?
Fais-moi boire au creux de tes mains
Si l'eau n'en dissout point la neige.

Ah ! je n'en puis plus, je me pâme,
Mon âme est prête à s'envoler ;
Tu viens de me faire avaler
La moitié moins d'eau que de flamme.

Ta bouche, d'un baiser humide,
Pourrait amortir ce grand feu ;
De crainte de pécher un peu,
N'achève pas un homicide.

J'aurais plus de bonne fortune
Caressé d'un jeune soleil
Que celui qui, dans le sommeil,
Reçut les faveurs de la lune[1].

Clymène, ce baiser m'enivre,
Cet autre me rend tout transi,
Si je ne meurs de celui-ci
Je ne suis pas digne de vivre.

THÉOPHILE DE VIAU (1590-1626)
Œuvres, 1621

Les nautoniers[2]

Les amours plus mignards[3] à nos rames se lient,
Les Tritons[4] à l'envi nous viennent caresser,
Les vents sont modérés, les vagues s'humilient
Par tous les lieux de l'onde où nous voulons passer.

Avec notre dessein va le cours des étoiles,
L'orage ne fait point blêmir nos matelots,
Et jamais alcyon[5] sans regarder nos voiles
Ne commit sa nichée à la merci des flots.

---

1. Tristan fait référence à un épisode de la mythologie grecque où Diane, incarnation de la lune, rejoint son amant Endymion à qui elle donne cinquante enfants. Diane obtint de Zeus un sommeil immortel pour son amant qu'elle retrouve le soir sans le réveiller, dans une grotte.
2. Personnes qui conduisent des embarcations.
3. D'une grâce un peu maniérée.
4. Voir la note 1, p. 8.
5. Oiseau légendaire qui couvait ses œufs sur la mer.

Notre océan est doux comme les eaux d'Euphrate,
Le Pactole, le Tage, est moins riche que lui,
Ici jamais nocher ne craignit le pirate,
Ni d'un calme trop long ne ressentit l'ennui.

Sous un climat heureux, loin du bruit du tonnerre,
Nous passons à loisir nos jours délicieux,
Et là jamais notre œil ne désira la terre,
Ni sans quelque dédain ne regarda les cieux.

Agréables beautés pour qui l'amour soupire,
Éprouvez avec nous un si joyeux destin,
Et nous dirons partout qu'un si rare navire
Ne fut jamais chargé d'un si rare butin.

LA GUIRLANDE DE JULIE (1634-1641)
Recueil de Madrigaux

CHARLES DE MONTAUSIER (1610-1690)

Zéphyre à Julie

Recevez, ô nymphe adorable
Dont les cœurs reçoivent les lois,
Cette couronne plus durable
Que celles que l'on met sur la tête des rois.
Les fleurs dont ma main la compose
Font honte à ces fleurs d'or qui sont au firmament;

L'eau dont Permesse[1] les arrose
Leur donne une fraîcheur qui dure incessamment,
Et tous les jours, ma belle Flore
Qui me chérit et que j'adore
Me reproche avecque courroux
Que mes soupirs jamais pour elle
N'ont fait naître de fleur si belle
Que j'en ai fait naître pour vous.

CHARLES DE MONTAUSIER (1610-1690)

Le narcisse

Je consacre, Julie, un Narcisse à ta gloire,
Lui-même des beautés te cède la victoire ;
Étant jadis touché d'un amour sans pareil,
Pour voir dedans l'eau son image,
Il baissait toujours son visage,
Qu'il estimait plus beau que celui du soleil ;
Ce n'est plus ce dessein qui tient sa tête basse ;
C'est qu'en te regardant il a honte de voir
Que les Dieux ont eu le pouvoir
De faire une beauté qui la sienne surpasse.

GERMAIN HABERT DE CERISY (?)

La rose

Alors que je me vois si belle et si brillante
Dans ce teint dont l'éclat fait naître tant de vœux,
L'excès de ma beauté moi-même me tourmente :

---

1. Fleuve consacré à Apollon et aux Muses, qui passaient pour ins-
pirer les poètes.

Je languis pour moi-même et brûle de mes feux,
Et je crains qu'aujourd'hui la rose ne finisse
Par ce qui fit jadis commencer le narcisse.

DESMARETS DE SAINT-SORLIN (1596-1676)

La violette

Franche d'ambition, je me cache sous l'herbe,
Modeste en ma couleur, modeste en mon séjour;
Mais si sur votre front je me puis voir un jour,
La plus humble des fleurs sera la plus superbe.

TALLEMANT DES RÉAUX (1619-1692)

Le lis

Devant vous je perds la victoire
Que ma blancheur me fit donner,
Et ne prétends plus d'autre gloire
Que celle de vous couronner.

Le ciel, par un honneur insigne,
Fit choix de moi seul autrefois,
Comme de la fleur la plus digne
Pour faire un présent à nos rois.

Mais si j'obtenais ma requête
Mon sort serait plus glorieux
D'être monté sur votre tête
Que d'être descendu des cieux.

| GEORGES DE SCUDÉRY (1601-1667)
| Poésies diverses, 1649

La belle Égyptienne

Sombre divinité, de qui la splendeur noire[1]
Brille de feux obscurs, qui peuvent tout brûler;
La neige n'a plus rien qui te puisse égaler,
Et l'ébène aujourd'hui l'emporte sur l'ivoire.

De ton obscurité vient l'éclat de ta gloire;
Et je vois dans tes yeux, dont je n'ose parler,
Un Amour africain, qui s'apprête à voler,
Et qui d'un arc d'ébène, aspire à la victoire.

Sorcière sans démons, qui prédis l'avenir;
Qui regardant la main, nous viens entretenir;
Et qui charmes nos sens d'une aimable imposture;

Tu parais peu savante en l'art de deviner;
Mais sans t'amuser plus à la bonne aventure,
Sombre divinité, tu nous la peux donner.

---

1. Le thème de la Vénus noire ou de « la belle Maure » est récurrent dans la littérature baroque : de tradition mariniste, il reprend l'image d'une belle femme noire développée dans le *Cantique des cantiques* de la Bible.

CLAUDE DE MALLEVILLE (1596-1647)
Poésies, 1649

Imitation du Cavalier Marin

Que Partenice est belle, encore qu'elle soit noire,
C'est le plus digne objet où s'adressent nos vœux,
À l'ébène éclatant qui luit en ses cheveux,
L'or et l'ambre ont cédé l'honneur de la victoire.

Quelle si blanche main, ou d'albâtre ou d'ivoire
De ses liens si noirs peut défaire les nœuds ?
Quelle clarté de teint brille de tant de feux,
Que les ombres du sien n'en offusquent la gloire ?

Qui jamais vit en terre une divinité
Paraître sous un voile avec tant de beauté ?
Qui vit jamais sortir tant d'éclairs d'un nuage ?

Soleil, retirez-vous, un autre est en ces lieux,
Un autre qui pourvu d'un plus riche partage,
Porte la nuit au front, et le jour dans les yeux.

TRISTAN L'HERMITE (1601-1655)
La Lyre, 1641

La belle esclave more

Beau Monstre de Nature, il est vrai, ton visage
Est noir au dernier point, mais beau parfaitement :
Et l'ébène poli qui te sert d'ornement
Sur le plus blanc ivoire emporte l'avantage.

Ô merveille divine inconnue de notre âge !
Qu'un objet ténébreux luise si clairement,
Et qu'un charbon éteint, brûle plus vivement
Que ceux qui de la flamme entretiennent l'usage !

Entre ces noires mains je mets ma liberté.
Moi, qui fus invincible à toute autre beauté,
Une more[1] m'embrase, une Esclave me dompte.

Mais cache-toi Soleil, toi qui viens de ces lieux
D'où cet astre est venu, qui porte pour ta honte
La nuit sur son visage et le jour dans ses yeux.

---

1. Autre orthographe de « maure » : habitant de l'ancienne Maure-
tania, région du nord de l'Afrique.

PHILIPPE DESPORTES (1546-1606)
Les Amours de Diane, 1573-1583

Marchands, ...

Marchands, qui recherchez tout le rivage more
Du froid Septentrion[1] et qui sans reposer,
À cent mille dangers vous allez exposer
Pour un gain incertain, qui vos esprits dévore,

Venez seulement voir la beauté que j'adore,
Et par quelle richesse elle a su m'attiser:
Et je suis sûr qu'après, vous ne pourrez priser
Le plus rare trésor dont l'Afrique se dore.

Voyez les filets d'or de ce chef[2] blondissant,
L'éclat de ces rubis, ce corail rougissant,
Ce cristal, cette ébène, et ces grâces divines,

Cet argent, cet ivoire; et ne vous contentez
Qu'on ne vous montre encore mille autres raretés,
Mille beaux diamants et mille perles fines.

---

1. Désigne le nord.
2. Tête.

PIERRE DE MARBEUF (1596-1645)
Recueil de vers, 1628

La bouche d'Amaranthe

Beau corail soupirant, ce pourpre qui me flatte
Allaite d'espérance et d'amour mes esprits,
Belle et petite bouche où s'enfante un souris[1],
Qui semond[2] à baiser votre vive écarlate

Vos dents, riches remparts d'une voix délicate,
Dessus les diamants emporteront le prix,
Si de votre douceur ils sont tant favoris
Que votre langue veuille être leur avocate.

Vermillon merveilleux, prison des libertés,
Trésor de l'Orient, blanches égalités,
Ô rempart précieux que j'assauts d'espérance,

Belles dents, petits dés avec lesquels l'amour
Gagna mes libertés et mon cœur l'autre jour,
Aujourd'hui livrez-moi quelque meilleure chance.

---

1. Sourire.
2. Invite.

ANTOINE GIRARD, SEIGNEUR DE
SAINT-AMANT (1594-1661)
Troisième partie des œuvres [de Monsieur
de Saint-Amant], 1649

Le printemps des environs de Paris

Zéphire a bien raison d'être amoureux de Flore :
C'est le plus bel objet dont il puisse jouir ;
On voit à son éclat les soins s'évanouir,
Comme les libertés devant l'œil que j'adore.

Qui ne serait ravi d'entendre sous l'aurore
Les miracles volants qu'au bois je viens d'ouïr !
J'en sens avec les fleurs mon cœur s'épanouir,
Et mon luth négligé leur veut répondre encore.

L'herbe sourit à l'air d'un air voluptueux ;
J'aperçois de ce bord fertile et tortueux
Le doux feu du soleil flatter le sein de l'onde.

Le soir et le matin la Nuit baise le Jour ;
Tout aime, tout s'embrase, et je crois que le monde
Ne renaît au printemps que pour mourir d'amour.

VINCENT VOITURE (1597-1648)
Œuvres, 1650

Il faut finir mes jours...

Il faut finir mes jours en l'amour d'Uranie !
L'absence ni le temps ne m'en sauraient guérir,
Et je ne vois plus rien qui me pût secourir,
Ni qui sût rappeler ma liberté bannie.

Dès longtemps je connais sa rigueur infinie !
Mais, pensant aux beautés pour qui je dois périr,
Je bénis mon martyre et, content de mourir,
Je n'ose murmurer contre sa tyrannie.

Quelquefois ma raison, par de faibles discours,
M'invite à la révolte et me promets secours.
Mais, lorsqu'à mon besoin je me veux servir d'elle,

Après beaucoup de peine et d'efforts impuissants,
Elle dit qu'Uranie est seule aimable et belle,
Et m'y rengage plus que ne font tous mes sens.

ISAAC DE BENSERADE (1612-1691)
Œuvres, posthume

Sur Job

Job[1], de mille tourments atteint,
Vous rendra sa douleur connue,
Et raisonnablement il craint
Que vous n'en soyez point émue.

Vous verrez sa misère nue :
Il s'est lui-même ici dépeint.
Accoutumez-vous à la vue
D'un homme qui souffre et se plaint.

Bien qu'il eût d'extrêmes souffrances
On voit aller des patiences
Plus loin que la sienne n'alla.

Il souffrit des maux incroyables,
Il s'en plaignit, il en parla :
J'en connais de plus misérables.

---

1. Dans la Bible, personnage incarnant l'homme juste frappé par
le malheur, interrogeant Dieu sur la question du mal.

PIERRE CORNEILLE (1606-1684)
Recueil de Sercy, 1660

Deux sonnets partagent la ville

Deux sonnets partagent la ville,
Deux sonnets partagent la cour,
Et semblent vouloir à leur tour
Rallumer la guerre civile.

Le plus sot et le plus habile
En mettant leur avis au jour,
Et ce qu'on a pour eux d'amour
À plus d'un échauffe la bile.

Chacun en parle hautement,
Suivant son petit jugement,
Et, s'il faut y mêler le nôtre,

L'un est sans doute mieux rêvé,
Mieux conduit et mieux achevé ;
Mais je voudrais avoir fait l'autre.

VINCENT VOITURE (1597-1648)
Poésies, posthume

Des portes du matin...

Des portes du matin l'amante de Céphale
Ses roses épandait dans le milieu des airs[1],
Et jetait sur les cieux nouvellement ouverts
Ces traits d'or et d'azur qu'en naissant elle étale,

Quand la Nymphe divine, à mon repos fatale,
Apparut, et brilla de tant d'attraits divers
Qu'il semblait qu'elle seule éclairait l'univers
Et remplissait de feux la rive orientale.

Le soleil se hâtant pour la gloire des Cieux
Vint opposer sa flamme à l'éclat de ses yeux
Et prit tous les rayons dont l'Olympe se dore.

L'onde, la terre et l'air s'allumaient à l'entour,
Mais auprès de Philis on le prit pour l'Aurore,
Et l'on crut que Philis était l'astre du jour.

---

1. Périphrase pour nommer la brise.

CLAUDE DE MALLEVILLE (1596-1647)
Poésies, 1649

Le silence régnait...

Le silence régnait sur la terre et sur l'onde ;
L'air devenait serein et l'Olympe vermeil,
Et l'amoureux Zéphyre [1] affranchi du sommeil
Ressuscitait les fleurs d'une haleine féconde.

L'Aurore déployait l'or de sa tresse blonde
Et semait de rubis le chemin du Soleil ;
Enfin ce dieu venait au plus grand appareil
Qu'il soit jamais venu pour éclairer le monde,

Quand la jeune Philis au visage riant,
Sortant de son palais plus clair que l'Orient,
Fit voir une lumière et plus vive et plus belle.

Sacré flambeau du jour, n'en soyez pas jaloux !
Vous parûtes alors aussi peu devant elle
Que les feux de la nuit avaient fait devant vous.

---

1. Zéphyre, ou Zéphyr, personnification divine grecque du vent
d'ouest.

| MOLIÈRE (1622-1673)
| Le Misanthrope, 1666

Le sonnet d'Oronte [1]

L'espoir, il est vrai, nous soulage,
Et nous berce un temps notre ennui ;
Mais, Philis, le triste avantage,
Lorsque rien ne marche après lui !

Vous eûtes de la complaisance,
Mais vous en deviez moins avoir,
Et ne pas vous mettre en dépense,
Pour ne me donner que de l'espoir.

S'il faut qu'une attente éternelle
Pousse à bout l'ardeur de mon zèle,
Le trépas sera mon secours.

Vos soins ne m'en peuvent distraire :
Belle Philis, on désespère
Alors qu'on espère toujours.

---

1. Ce sonnet est déclamé par Oronte au cours d'un échange entre
Philinte, qui loue cette poésie, et Alceste, qui la critique (acte I,
scène 2).

| MATHIEU DE MONTREUIL (1620-1691)
| Œuvres, 1666

Madrigal pour la marquise de Sévigné en jouant à Colin Maillard

De toutes les façons vous avez droit de plaire,
Mais surtout vous savez nous charmer en ce jour ;
Voyant vos yeux bandés on vous prend pour l'amour,
Les voyant découverts on vous prend pour sa mère.

| PIERRE CORNEILLE (1606-1684)
| Recueil de Sercy, 1660

Stances

Marquise, si mon visage
A quelques traits un peu vieux,
Souvenez-vous qu'à mon âge
Vous ne vaudrez guère mieux.

Le temps aux plus belles choses
Se plaît à faire un affront,
Et saura faner vos roses
Comme il a ridé mon front.

Le même cours des planètes
Règle nos jours et nos nuits :
On m'a vu ce que vous êtes ;
Vous serez ce que je suis.

Cependant j'ai quelques charmes
Qui sont assez éclatants
Pour n'avoir pas trop d'alarmes
De ces ravages du temps.

Vous en avez qu'on adore ;
Mais ceux que vous méprisez
Pourraient bien durer encore
Quand ceux-là seront usés.

Ils pourront sauver la gloire
Des yeux qui me semblent doux,
Et dans mille ans faire croire
Ce qu'il me plaira de vous.

Chez cette race nouvelle,
Où j'aurai quelque crédit,
Vous ne passerez pour belle
Qu'autant que je l'aurai dit.

Pensez-y, belle marquise.
Quoiqu'un grison fasse effroi,
Il vaut bien qu'on le courtise
Quand il est fait comme moi.

HONORÉ DE RACAN (1589-1670)
Recueil collectif, 1630

Sur la maladie de sa maîtresse

La fièvre de Philis tous les jours renouvelle,
Et voit-on clairement que cette cruauté
Ne peut venir d'ailleurs que du ciel, irrité
Que la terre possède une chose si belle.

Son visage n'a plus sa couleur naturelle,
Il n'a plus ces attraits ni cette majesté
Qui régnait tellement sur notre liberté
Qu'il semblait que les cœurs n'étaient faits que pour elle.

Faut-il que cette ardeur consume nuit et jour
Celle qui d'autre feu que celui de l'amour
Ne devait pour souffrir l'injuste violence?

Ô dieux! de qui le soin fait tout pour notre bien,
Si mon affection touche votre clémence,
Ou donnez-lui mon mal, ou donnez-moi le sien.

JEAN GODARD (1564-1630)
Œuvres, 1594

À *l'heure que Madame...*

À l'heure que Madame en homme se déguise,
Une toque portant sur ses cheveux dorés,
Elle semble un Adon[1] aux yeux noirs admirés,
Ou un nouveau Pâris ou quelque jeune Anchise[2],

Soit qu'elle ait un habit en dame de Venise,
À demi découvrant ses tétons empourprés,
Ou soit qu'en habit plein elle se vête après,
Ou soit qu'elle se vête à la nouvelle guise,

Soit qu'elle ait un collet à la confusion,
Ou bande seulement, soit qu'un escofion[3]
Resserre ses cheveux ou qu'il les emprisonne,

Ou soit que sur son col ils flottent librement,
Toujours très belle elle est, et voit-on clairement
Que tout sied toujours bien à la belle personne.

---

1. Adon pour Adonis : divinité grecque qui symbolise la virilité et la reproduction.
2. Pâris : prince troyen qui dut décider qui de Héra, Aphrodite et Athéna était la plus belle déesse. Anchise : amant d'Aphrodite dont il eut Énée.
3. Bonnet de femme.

VINCENT VOITURE (1597-1648)
Œuvres, 1650

Stances écrites de la main gauche, sur un feuillet des (mêmes) tablettes, qui regardaient un miroir mis au-dedans de la couverture[1]

Quand je me plaindrais nuit et jour
De la cruauté de mes peines ;
Et quand du pur sang de mes veines
Je vous écrirais mon amour,

Si vous ne voyez à l'instant
Le bel objet qui l'a fait naître,
Vous ne le pourrez reconnaître,
Ni croire que je souffre tant.

En vos yeux, mieux qu'en mes écrits,
Vous verrez l'ardeur de mon âme,
Et les rayons de cette flamme,
Dont pour vous je me trouve épris.

Vos bontés vous le feront voir
Bien mieux que je ne le peux dire :
Et vous ne le sauriez bien lire,
Que dans la glace d'un miroir.

_____

1. « Le texte écrit de la main gauche l'est avec des lettres inversées qui, réfléchies dans un miroir, y sont lues dans leur forme normale. Mais la main gauche est aussi la main du cœur ; poésie et galanterie s'accordent sur les lois de l'optique. » (Henri Lafay)

MADAME DESHOULIÈRES (1637-1694)
Poésies, 1688

Stances

Agréables transports qu'un tendre amour inspire,
Désirs impatients, qu'êtes-vous devenus ?
Dans le cœur du berger pour qui le mien soupire
     Je vous cherche, je vous désire,
     Et je ne vous retrouve plus.

Son rival est absent, et la nuit qui s'avance
Pour la troisième fois a triomphé du jour,
Sans qu'il ait profité de cette heureuse absence ;
     Avec si peu d'impatience,
     Hélas ! on n'a guère d'amour.

Il ne sent plus pour moi ce qu'on sent quand on aime :
L'infidèle a passé sous de nouvelles lois.
Il me dit bien encore que son mal est extrême ;
     Mais il ne le dit plus de même
     Qu'il me le disait autrefois.

Revenez dans mon cœur, paisible indifférence
Que l'amour a changée en de cuisants soucis.
Je ne reconnais plus sa fatale puissance ;
     Et, grâce à tant de négligence,
     Je ne veux plus aimer Tircis[1].

---

1. Prototype du jeune et beau berger dans la littérature pastorale.

Je ne veux plus l'aimer ! Ah ! discours téméraire !
Voudrais-je éteindre un feu qui fait tout mon bonheur ?
Amour, redonnez-lui le dessein de me plaire :
      Mais, quoi que l'ingrat puisse faire,
      Ne sortez jamais de mon cœur.

Les tourments d'Actéon

Actéon est ce chasseur téméraire qui vit Diane en son bain. La déesse, refusant qu'un mortel puisse regarder sa nudité, le transforme en cerf. Selon les sources mythologiques, il meurt dévoré par ses propres chiens ou par les traits de la divine chasseresse. L'épisode d'Actéon nourrit l'imaginaire baroque de la femme cruelle et de l'amour malheureux. Deux formes de poésie amoureuse se dessinent précisément à l'époque baroque : un amour riant où l'objet du désir répond aux attentes de l'amant et porte par sa présence un baume contre la blessure que sa beauté a causée dans le cœur soupirant ; mais aussi un amour dévorateur qui ronge la personne aimée : le désir peut être meurtrier quand l'objet de sa passion la refuse cruellement.

CHRISTOFLE DE BEAUJEU
(Seconde moitié du XVIe siècle)
Les Amours, 1589

Misérable désert...

Misérable désert en glaces éternelles,
Figure des enfers et séjour des démons,
Pourquoi demeurez-vous dans le flanc de ces monts ?
Recevez Apollon en vos antres mortelles.

Ô solitaire Dieu, où mes amours nouvelles
Me guident pour me plaindre au son de mes chansons,
Retenez de mon luth les plaintes et les sons
Qui louangent si doux mes peines immortelles.

Vous vous couvrez toujours de ce mont baise-nue,
Toujours l'ombre sur vous demeure continue,
Ne voulant que le ciel vous fasse les yeux doux.

Ô désert trop heureux absent de toute flamme,
Pourquoi mon cœur n'est-il aussi loin de Madame,
Afin de ne sentir ce feu si rigoureux ?

FLAMINIO DE BIRAGUE
(Seconde moitié du XVIᵉ siècle)
Premières œuvres poétiques, 1585

Divin Ronsard...

Divin Ronsard, après que la douleur
M'aura couché sous une froide lame,
Et que l'Amour, sans barque ni sans rame,
M'aura fait voir le monde sans couleur,

Après ma mort, sanglote mon malheur,
Et d'un long cri que les rochers entame
Dis aux passants qu'aux regards de ma dame,
Chaud et brûlant j'immolai tout mon cœur.

Arrose après mon tombeau de tes larmes,
Et mets dessus ces pitoyables carmes[1],
Tristes témoins de mon gémissement :

CELUI QUI GÎT EN CE LIEU SOLITAIRE
POUR N'AVOIR PU À SA DAME COMPLAIRE
SOUS CE TOMBEAU SOUPIRE SON TOURMENT.

---

1. Chants.

FLAMINIO DE BIRAGUE
(Seconde moitié du XVIe siècle)
Premières œuvres poétiques, 1585

Vous rochers orgueilleux...

Vous rochers orgueilleux, et vous forêts fidèles
Que je fais retentir de mes chants languissants,
Antres qui répondez à mes tristes accents,
Quand vous oyez le son de mes plaintes mortelles,

Vous monts démesurés, et vous campagnes belles,
Vous ombrages secrets, vous beaux prés verdissants,
Vous déserts écartés, vous tertres verdissants,
Qui êtes sûrs témoins de mes amours rebelles,

Vous nymphes[1] et sylvains, vous faunes et satyres,
Qui écoutez les sons de mes tristes soupirs,
Quand serai-je assuré de quelque paix tranquille ?

Ô que plût-il au ciel qu'un jour je puisse voir
Celle que je ne puis à pitié émouvoir
S'arrêter à songer aux pleurs que je distille ?

---

1. Divinités grecques des sources et des rivières. « Sylvains »,
« faunes » et « satyres » sont des synonymes. Voir la note 1, p. 32.

ISAAC HABERT (1560-1625)
Œuvres poétiques, 1582

Amour m'a découvert...

Amour m'a découvert une beauté si belle
Que je brûle et englace et en me consumant
J'éprouve, tant me plaît ma flamme et mon tourment,
Que qui meurt en aimant reprend vie éternelle

Comme l'unique oiseau de cette ardeur nouvelle [1]
Je renais, et ma flamme et son nom chèrement
Je porte sur le dos au front du firmament
Pour les faire reluire en sa voûte éternelle.

Les pâles mariniers errants dessus les eaux
Pour mieux suivre leur route ont recours aux flambeaux
Qui les guident partout sur l'onde marinière,

Ceux-là qui se mettront sur l'amoureuse mer
Prendront de la beauté qu'Amour me fait aimer,
Pour voguer bienheureux, le nom clair de lumière.

---

1. Il s'agit du Phénix, oiseau fabuleux qui renaît de ses cendres.

CLOVIS HESTEAU DE NUYSEMENT
(1550-1623)
Œuvres poétiques, 1578

De la cime des monts...

De la cime des monts les fiers torrents se roulent
Quand les neiges font place aux trésors du printemps.
Des fontainières eaux s'engorgent les étangs
Et leurs calmes ruisseaux par les plaines découlent.

Les troupeaux amoureux les fleurs à bonds refoulent,
Les pasteurs font leur bal heureusement contents,
Les glacés Aquilons[1] s'enserrent pour un temps,
Et de l'humeur d'en bas les Pléiades[2] se saoulent.

De mes yeux languissants découlent deux torrents,
Ma plaie fait de sang un étang par dedans
Qui regorgeant se crève et s'épand dans mes veines.

Les Amours animés foulent mes jeunes ans.
Mes soupirs cessent bien, mais ces astres ardents
Sans fin tirent mon âme et influent mes peines.

---

1. Vents du nord.
2. Les sept filles d'Atlas. Zeus les métamorphosa en colombes pour les soustraire au géant Orion puis les plaça parmi les constellations.

JEAN DE SPONDE (1557-1595)
Les Amours, posthume

Je meurs...

Je meurs, et les soucis qui sortent du martyre
Que me donne l'absence, et les jours, et les nuits,
Font tant qu'à tous moments je ne sais qui je suis,
Si j'empire du tout ou bien si je respire ;

Un chagrin survenant mille chagrins m'attire
Et me cuidant[1] aider moi-même je me nuis,
L'infini mouvement de mes roulants ennuis
M'emporte, et je le sens, mais je ne puis le dire.

Je suis cet Actéon[2] de ses chiens déchiré !
Et l'éclat de mon âme est si bien altéré
Qu'elle qui me devrait faire vivre me tue :

Deux déesses nous ont tramé dans notre sort,
Mais pour divers sujets nous trouvons même mort,
Moi de la voir point, et lui de l'avoir vue.

---

1. Croyant.
2. Voir introduction, p. 59.

ÉTIENNE JODELLE (1532-1573)
Œuvres et Mélanges poétiques, posthume

Je me trouve et me perds...

Je me trouve et me perds, je m'assure et m'effraie,
En ma mort je revis, je vois sans penser voir,
Car tu as d'éclairer et d'obscurcir pouvoir,
Mais tout orage noir de rouge éclair flamboie.

Mon front qui cache et montre avec tristesse, joie,
Le silence parlant, l'ignorance au savoir,
Témoignent mon hautain et mon humble devoir,
Tel est tout cœur, qu'espoir et désespoir guerroie.

Fier en ma honte et plein de frisson chaleureux
Blâmant, louant, fuyant, cherchant l'art amoureux,
Demi-brut, demi-dieu je suis devant ta face.

Quand d'un œil favorable et rigoureux, je crois,
Au retour tu me vois, moi las ! qui ne suis moi.
Ô clairvoyant aveugle, ô amour, flamme et glace !

PONTUS DE TYARD (1521-1605)
Nouvelles œuvres poétiques, 1583

Élégie pour une dame énamourée d'une autre dame

J'avais toujours pensé que d'amour et d'honneur,
Les deux seules ardeurs qui me brûlent le cœur,
Se pouvait allumer une si belle flamme
Que plus belle clarté ne lui soit dedans l'âme.
Mais je ne me pouvais en l'esprit imprimer
Comme ensemble on devait ces deux feux allumer ;
Car combien que d'amour beauté soit la matière,
Et qu'en l'honneur entier la beauté soit entière,
Il ne me semblait point qu'une même beauté
Dût servir à l'amour et à l'honnêteté.
Je disais : ma beauté d'honneur est en moi-même,
Mais non pas la beauté, laquelle il faut que j'aime,
Car la seule beauté de moi-même estimer
Ne serait seulement que mon honneur aimer,
Et il faut que l'amante hors de soi fasse quête
De la beauté, qu'amour lui donne pour conquête.
Donc l'ardeur de l'honneur en moi seule aura lieu ?
Donc dois-je fuir l'ardeur de l'autre dieu ?
   Hélas, beauté d'amour, te choisirai-je aux hommes ?
Ha, non, je connais trop le siècle auquel nous sommes.
L'homme aime la beauté et de l'honneur se rit,
Plus la beauté lui plaît, plus tôt l'honneur périt.
Ainsi du seul honneur chèrement curieuse
Libre je dédaignais toute flamme amoureuse,
Quand de ma liberté, Amour trop offensé
Un aguet me tendit subtilement pensé.

Il t'enrichit l'esprit, il te sucre la bouche
Et le parler disert. En tes yeux il se couche,
En tes cheveux il lace un nœud non jamais vu,
Dont il m'étreint à toi. Il fait ardoir[1] un feu,
Hélas qui me croira! de si nouvelle flamme
Que femme il m'énamoure, hélas! d'une autre femme.
   Jamais plus mollement Amour n'avait glissé
Dedans un autre cœur: car l'honneur non blessé
Retenait sa beauté nullement entamée,
Et l'amant jouissait de la beauté aimée
En un même sujet, ô quel contentement!
Si, légère, il t'eût plu n'aimer légèrement.
Mais le cruel Amour, m'ayant au vif blessée,
S'est tout poussé dans moi, et vide il t'a laissée
Autant vide d'Amour, vide d'affection,
Comme il remplit mon cœur de triste passion
Et de juste dépit, qu'il faut que je te prie,
Ingrate, et que de moi ta liberté se rie.
Où est ta foi promise et tes serments prêtés?
Où sont de tes discours les beaux mots inventés?
Comme d'une Python[2] feinte et persuasive
Qui m'as su enchaîner par l'oreille, captive!
   Hélas! que j'ai en vain épanché mes discours!
Que j'ai fui en vain tous les autres amours!
Qu'en vain seule je t'ai, dédaigneuse, choisie
Pour l'unique plaisir de ma plus douce vie!
Qu'en vain j'avais pensé que le temps advenir
Nous devrait pour miracle en longs siècles tenir,
Et que d'un seul exemple, en la française histoire
Notre amour servirait d'éternelle mémoire,
Pour prouver que l'amour de femme à femme épris
Sur les mâles amours emporterait le prix.

---

1. Brûler.
2. Pythonisse, femme qui rendait les oracles.

Un Damon à Pythie, un Énée à Achate[1],
Un Hercule à Nestor, Chéréphon à Socrate,
Un Hoppie à Dimante, ont sûrement montré
Que l'amour d'homme à homme entier s'est rencontré,
De l'amour d'homme à femme est la preuve si ample
Qu'il ne m'est là besoin d'en alléguer exemple.
Mais d'une femme à femme, il ne se trouve encore
Sous l'empire d'amour un si riche trésor,
Et ne se peut trouver, ô trop et trop légère,
Puisqu'à ma foi la tienne est faite mensongère.
Car jamais pureté ne fut plus grande au Ciel,
Plus grande ardeur au feu, plus grande douceur au miel,
Plus grande bonté ne fut au reste de nature
Qu'en mon cœur, où l'amour a pris sa nourriture.
Mais plus qu'un roc marin ton cœur a de dureté,
Plus qu'un Scythe[2] barbare il a de cruauté,
Et l'Ourse Caliston[3] ne voit point tant de glace
Que tu en as au sein. Ni la muable face
Du nocturne Morphée[4] n'a de formes autant
Qu'a de pensers divers ton esprit inconstant.
    Hélas ! que le dépit loin de moi me transporte !
Ouvre à l'amour, ingrate ! ouvre à l'amour la porte.
Souffre que le doux trait, qui nos cœurs a percé,
R'entame de nouveau le tien trop peu blessé,
Recherche en tes discours l'affection passée,
Resserre le doux nœud dont était enlacée
L'affection commune et à toi et à moi,

---

1. Références à la fois précises et obscures à des relations homo-
sexuelles.
2. Peuple d'origine iranienne.
3. Caliston ou Callisto, nymphe de la suite d'Artémis, dont Zeus
tomba amoureux. Héra jalouse la transforma en ourse pour la faire
tuer par Artémis, et Zeus la secourut en la plaçant dans le ciel où elle
devint la constellation de la Grande Ourse.
4. Fils d'Hypnos, dieu du sommeil.

Et rejoignons ces mains qui jurèrent la foi,
La foi dans mon esprit tellement assurée
Qu'elle ne sera point par la mort parjurée.
Mais si nouvel amour t'embrase une autre ardeur,
Je supplie, contr'amour, contr'amour dieu vengeur !
Qu'avant que la douleur dedans mon cœur enclose
Me puisse transformer, et me faire autre chose
Que ce qu'ore[1] je suis, soit que ma triste voix
Reste seule de moi errante par ce bois.
Ou soit qu'en peu de temps ma larmoyante peine
Me distille en un fleuve, ou m'écoule en fontaine,
Et pendant que je dis et aux cerfs et aux daims
Seule en ce bois touffu, ingrate, tes dédains,
Tu puisses, d'un sujet indigne consumée
Aimer languissamment, et n'être point aimée !

---

1. À cette heure.

| AGRIPPA D'AUBIGNÉ (1552-1630)
| Hécatombe à Diane, posthume

Vous qui avez écrit...

Vous qui avez écrit qu'il n'y a plus en terre
De nymphe porte-flèche errante par les bois,
De Diane chassante[1], ainsi comme autrefois
Elle avait fait aux cerfs une ordinaire guerre,

Voyez qui tient l'épieu ou échauffe l'enferre ?
Mon aveugle fureur, voyez qui sont ces doigts
D'albâtre ensanglantés, marquez bien le carquois,
L'arc et le dard meurtrier[2] ; et le coup qui m'atterre,

Ce maintien chaste et brave, un cheminer accort[3].
Vous diriez à son pas, à sa suite, à son port,
À la face, à l'habit, au croissant[4] qu'elle porte,

À son œil qui domptant est toujours indompté,
À sa beauté sévère, à sa douce beauté,
Que Diane me tue et qu'elle n'est pas morte.

---

1. C'est la Diane chasseresse, l'un des symboles majeurs de la Renaissance française.
2. Les flèches de Diane.
3. Gracieux.
4. Le croissant de lune est l'emblème de Diane, qu'elle porte souvent en diadème.

JEAN DE SPONDE (1557-1595)
Les Amours, posthume

Sur sa fièvre

Que faites-vous dedans mes os,
Petites vapeurs enflammées,
Dont les pétillantes fumées
M'étouffent sans fin le repos ?

Vous me portez de veine en veine
Les cuisants tisons de vos feux,
Et parmi vos détours confus
Je perds le cours de mon haleine.

Mes yeux, crevés de vos ennuis,
Sont bandés de tant de nuages
Qu'en ne voyant que des ombrages
Ils voient des profondes nuits.

Mon cerveau, siège de mon âme,
Heureux pourpris[1] de ma raison,
N'est plus que l'horrible prison
De votre plus horrible flamme.

J'ai cent peintres dans ce cerveau,
Tous songes de vos frénésies,
Qui grotesquent mes fantaisies
De feu, de terre, d'air et d'eau.

_____

1. Enceinte.

C'est un chaos que ma pensée
Qui m'élance ore sur les monts,
Ore[1] m'abîme dans un fond,
Me poussant comme elle est poussée.

Ma voix qui n'a plus qu'un filet
À peine, à peine encore tire
Quelque soupir qu'elle soupire
De l'enfer des maux où elle est.

Las ! mon angoisse est bien extrême,
Je trouve tout à dire en moi,
Je suis bien souvent en émoi,
Si c'est moi-même que moi-même.

À ce mal dont je suis frappé
Je comparais jadis ces rages
Dont Amour frappe nos courages,
Mais, Amour, je suis bien trompé,

Il faut librement que je die[2] :
Au prix d'un mal si furieux,
J'aimerais cent mille fois mieux
Faire l'amour toute ma vie.

---

1. Renforce l'opposition spatiale par un effet de simultanéité.
2. Dise.

BÉROALDE DE VERVILLE (1556-1626)
Soupirs amoureux, 1583

De feu, d'horreur...

De feu, d'horreur, de mort, de peine, de ruine,
Jours, nuits, ans, temps, moments, je me sens tourmenté,
Et sous les fers meurtriers de ma captivité,
Je vois l'amour cruel qui mon âme ruine.

Je me perds de langueur, de douleurs je me mine,
Ma vie fuit de moi par trop de cruauté,
Et de mortels dédains mon esprit agité
Sent le dernier effort qui ma vie termine.

Vous filles de la nuit, vous Fureurs[1] éternelles,
Vous qui froissez là-bas, dessous vos mains cruelles,
Les esprits échappés du monde et de leurs corps,

Chassez par vos rigueurs la rigueur de ma gêne,
Et si la peine peut se chasser par la peine,
Faites fuir de moi par ma mort mille morts.

---

1. Fureurs ou Furies, divinités infernales romaines qui pourchassaient les coupables.

JEAN OGIER DE GOMBAULD
(1570?-1666)
Poésies, 1646

Ce qui doit m'étonner...

Ce qui doit m'étonner excite mon courage,
Et ma témérité me conduit au cercueil ;
Je sers une beauté plus dure qu'un écueil,
Et l'amour se conserve où l'espoir fait naufrage.

Aveugle passion, fureur, manie et rage,
Vous faites que j'adore un insensible orgueil.
Le plus cruel abord est comme un doux accueil,
Et j'appelle un mépris un agréable outrage.

J'ai pour toute faveur, et pour rigueur du sort,
Une peine charmante, une amoureuse mort,
Et je fonde la vie en ce qu'elle a de pire.

Mon astre me réduit à la nécessité
De ne respirer point, alors que je soupire,
Et ma seule douleur est ma félicité.

FRANÇOIS MÉNARD (?)
Œuvres, 1613

Miroir où nuit et jour...

Miroir où nuit et jour je vois mon inhumaine,
Tableau où mon vainqueur figure la beauté
Qui enlace mon âme en sa captivité,
Seul démon de ma vie et sorcier de ma peine ;

Papillon voletant autour de ma Sirène,
Dont les jumeaux soleils[1] brûlent ma liberté,
Doux penser partisan de ma fidélité,
Fais-moi voir ma Cléante en douceur toute humaine.

Ores[2] que sa beauté s'éclipse de mes yeux,
Je cille ma paupière à la clarté des cieux,
Car j'ai tant seulement des regards pour ses charmes.

Maintenant éloigné du jour de ses appas,
Je ne puis que par toi sécher mes tristes larmes,
Et vaincre la douleur qui me livre au trépas.

---

1. Les yeux.
2. Maintenant que.

TRISTAN L'HERMITE (1601-1655)
Les Plaintes d'Acantes, 1633

La plainte écrite de sang

Inhumaine beauté dont l'humeur insolente
En méprisant mes vœux se rit de ma langueur,
Je veux convaincre ici ton ingrate rigueur
Par les vifs arguments d'une raison sanglante.

Ces vers sont de ma flamme une preuve évidente,
Et tous ces traits de pourpre en font voir la grandeur,
Cruelle, touche-les pour en sentir l'ardeur,
Cette écriture fume, elle est encore ardente.

Vois nager dans le sang mes esprits désolés :
Pour apaiser ta haine ils se sont immolés
D'une dévotion qui n'eut jamais d'exemple.

Et si près de mon cœur il en est demeuré,
C'est afin seulement de conserver le temple
Où ton divin portrait est toujours adoré.

ANTOINE GIRARD,
SEIGNEUR DE SAINT-AMANT
(1594-1661)
Plainte sur la mort de Sylvie, 1629

Plainte sur la mort de Sylvie

Ruisseau qui cours après toi-même,
Et qui te fuis toi-même aussi,
Arrête un peu ton onde ici
Pour écouter mon deuil extrême ;
Puis, quand tu l'auras su, va-t'en dire à la mer
Qu'elle n'a rien de plus amer.

Raconte-lui comme Sylvie,
Qui seule gouvernait mon sort,
A reçu le coup de la mort
Au plus bel âge de la vie,
Et que cet accident triomphe en même jour
De toutes les forces d'Amour.

Las ! je n'en puis dire autre chose,
Mes soupirs tranchent mon discours.
Adieu, ruisseau, reprends ton cours,
Qui non plus que moi ne repose ;
Que si par mes regrets j'ai bien pu t'arrêter,
Voilà des pleurs pour te hâter.

FRANÇOIS MAYNARD (1582-1646)
Œuvres, 1646

La belle vieille

Cloris, que dans mon cœur j'ai si longtemps servie
Et que ma passion montre à tout l'univers,
Ne veux-tu pas changer le destin de ma vie
Et donner de beaux jours à mes derniers hivers ?

N'oppose plus ton deuil au bonheur où j'aspire,
Ton visage est-il fait pour demeurer voilé ?
Sors de ta nuit funèbre, et permets que j'admire
Les divines clartés des yeux qui m'ont brûlé.

Où s'enfuit ta prudence acquise et naturelle ?
Qu'est-ce que ton esprit a fait de sa vigueur ?
La folle vanité de paraître fidèle
Aux cendres d'un jaloux, m'expose à ta rigueur.

Eusses-tu fait le vœu d'un éternel veuvage
Pour l'honneur du mari que ton lit a perdu
Et trouvé des Césars dans ton haut parentage,
Ton amour est un bien qui m'est justement dû.

Qu'on a vu revenir de malheurs et de joies,
Qu'on a vu trébucher de peuples et de rois,
Qu'on a pleuré d'Hectors, qu'on a brûlé de Troies
Depuis que mon courage a fléchi sous tes lois !

Ce n'est pas d'aujourd'hui que je suis ta conquête,
Huit lustres[1] ont suivi le jour que tu me pris,
Et j'ai fidèlement aimé ta belle tête
Sous des cheveux châtains et sous des cheveux gris.

C'est de tes jeunes yeux que mon ardeur est née,
C'est de leurs premiers traits que je fus abattu ;
Mais tant que tu brûlas du flambeau d'hyménée,
Mon amour se cacha pour plaire à ta vertu.

Je sais de quel respect il faut que je t'honore
Et mes ressentiments ne l'ont pas violé.
Si quelquefois j'ai dit le soin qui me dévore,
C'est à des confidents qui n'ont jamais parlé.

Pour adoucir l'aigreur des peines que j'endure
Je me plains aux rochers et demande conseil
À ces vieilles forêts dont l'épaisse verdure
Fait de si belles nuits en dépit du soleil.

L'âme pleine d'amour et de mélancolie
Et couché sur des fleurs et sous des orangers,
J'ai montré ma blessure aux deux mers d'Italie
Et fait dire ton nom aux échos étrangers.

Ce fleuve impérieux à qui tout fit hommage
Et dont Neptune même endura le mépris,
A su qu'en mon esprit j'adorais ton image
Au lieu de chercher Rome en ces vastes débris.

---

1. Quarante années. Le lustre était une cérémonie purificatrice
célébrée tous les cinq ans dans l'Antiquité romaine.

Cloris, la passion que mon cœur t'a jurée
Ne trouve point d'exemple aux siècles les plus vieux.
Amour et la nature admirent la durée
Du feu de mes désirs et du feu de tes yeux.

La beauté qui te suit depuis ton premier âge
Au déclin de tes jours ne veut pas te laisser,
Et le temps, orgueilleux d'avoir fait ton visage,
En conserve l'éclat et craint de l'effacer.

Regarde sans frayeur la fin de toutes choses,
Consulte le miroir avec des yeux contents.
On ne voit point tomber ni tes lis, ni tes roses,
Et l'hiver de ta vie est ton second printemps.

Pour moi, je cède aux ans ; et ma tête chenue
M'apprend qu'il faut quitter les hommes et le jour.
Mon sang se refroidit, ma force diminue
Et je serais sans feu si j'étais sans amour.

C'est dans peu de matins que je croîtrai le nombre
De ceux à qui la Parque[1] a ravi la clarté !
Oh ! qu'on oira[2] souvent les plaintes de mon ombre
Accuser tes mépris de m'avoir maltraité !

Que feras-tu, Cloris, pour honorer ma cendre ?
Pourras-tu sans regret ouïr parler de moi ?
Et le mort que tu plains te pourra-t-il défendre
De blâmer ta rigueur et de louer ma foi ?

---

1. L'une des divinités du Destin dans la religion romaine. Les Parques (trois sœurs) tissaient des fils représentant chacun la vie d'un homme. Elles décidaient de la mort des humains en tranchant le fil de leur vie.
2. Entendra.

Si je voyais la fin de l'âge qui te reste,
Ma raison tomberait sous l'excès de mon deuil ;
Je pleurerais sans cesse un malheur si funeste
Et ferais jour et nuit l'amour à ton cercueil !

Méditation sur la mort

Nulle autre que la poésie baroque ne s'est tant complue dans l'expression de la mort. Son spectacle est chanté sur tous les tons, avec autant d'horreur que de compassion ; presque toujours avec une grande fascination qui n'est pas étrangère aux terribles massacres accompagnant les guerres de Religion. Ainsi la mort baroque est spectaculaire : les corps sont décrits — crâne, squelette, sang — ainsi que les mouvements d'agonie ; et l'un des motifs les plus constants est la mise en scène de sa propre mort. La fête macabre se double cependant d'un discours religieux et méditatif. La mort est le moment de la rencontre avec Dieu. Et le moment où l'inconstance du monde va s'effacer devant la permanence du néant divin.

Méditation sur la mort

AGRIPPA D'AUBIGNÉ (1552-1630)
Stances, posthume

Usons ici le fiel...

Usons ici le fiel de nos fâcheuses vies,
Horriblant de nos cris les ombres de ces bois :
Ces roches égarées, ces fontaines suivies
Par l'écho des forêts répondront à nos voix.

Les vents continuels, l'épais de ces nuages,
Ces étangs noirs remplis d'aspics, non de poissons,
Les cerfs craintifs, les ours et lézardes sauvages
Trancheront leur repos pour ouïr mes chansons.

Comme le feu cruel qui a mis en ruine
Un palais, forcenant[1] léger de lieu en lieu,
Le malheur me dévore, et ainsi m'extermine
Le brandon[2] de l'amour, l'impitoyable dieu.

---

1. Se déchaînant.
2. Torche.

Hélas ! Pans forestiers et vous faunes sauvages,
Ne guérissez-vous point la plaie qui me nuit,
Ne savez-vous remède aux amoureuses rages,
De tant de belles fleurs que la terre produit ?

Au secours de ma vie ou à ma mort prochaine
Accourez, déités qui habitez ces lieux,
Ou soyez médecins de ma sanglante peine,
Ou faites les témoins de ma perte vos yeux.

Relégué parmi vous, je veux qu'en ma demeure
Ne soit marqué le pied d'un délicat plaisir,
Sinon lorsqu'il faudra que consommé je meure,
Satisfait du plus beau de mon triste désir.

Le lieu de mon repos est une chambre peinte
De mil os blanchissants et de têtes de morts,
Où ma joie est plus tôt de son objet éteinte :
Un oubli gracieux ne la pousse dehors.

Sortent de là tous ceux qui ont encore envie
De semer et chercher quelque contentement,
Viennent ceux qui voudront me ressembler de vie
Pourvu que l'amour soit cause de leur tourment.

Je mire en adorant dans une anatomie
Le portrait de Diane entre les os, afin
Que voyant sa beauté ma fortune ennemie
L'environne partout de ma cruelle fin.

Dans le corps de la mort j'ai enfermé ma vie,
Et ma beauté paraît horrible entre les os.
Voilà comment ma joie est de regret suivie,
Comment de mon travail ma mort seule a repos.

ANTOINE GIRARD, SEIGNEUR DE SAINT-AMANT
(1594-1661)
Œuvres, 1629

La solitude

[...] Au creux de cette grotte fraîche,
Où l'amour se pourrait geler,
Écho ne cesse de brûler
Pour son amant froid et revêche[1].
Je m'y coule sans faire bruit,
Et par la céleste harmonie
D'un doux luth, aux charmes instruit,
Je flatte sa triste manie,
Faisant répéter mes accords
À la voix qui lui sert de corps.

Tantôt, sortant de ces ruines,
Je monte au haut de ce rocher,
Dont le sommet semble chercher
En quel lieu se font les bruines ;
Puis je descends tout à loisir,
Sous une falaise escarpée,
D'où je regarde avec plaisir
L'onde qui l'a presque sapée
Jusqu'au siège de Palémon[2],
Fait d'éponges et de limon.

---

1. Narcisse, jeune Grec célèbre pour sa beauté. Insensible à la beauté de la nymphe Écho, il se noie dans la fontaine qui lui renvoie sa propre image.
2. Dieu marin que l'on nomme aussi Mélicerte.

Que c'est une chose agréable
D'être sur le bord de la mer,
Quand elle vient à se calmer
Après quelque orage effroyable !
Et que les chevelus tritons,
Hauts, sur les vagues secouées
Frappent les airs d'étranges tons
Avec leurs trompes enrouées,
Dont l'éclat rend respectueux
Les vents les plus impétueux.

Tantôt l'onde brouillant l'arène[1],
Murmure et frémit de courroux,
Se roulant dessus les cailloux,
Qu'elle apporte et qu'elle r'entraîne.
Tantôt elle étale en ses bords,
Que l'ire[2] de Neptune[3] outrage,
Des gens noyés, des monstres morts,
Des vaisseaux brisés du naufrage,
Des diamants, de l'ambre gris,
Et mille autres choses de prix.

Tantôt la plus claire du monde,
Elle semble un miroir flottant,
Et nous représente à l'instant
Encore d'autres cieux sous l'onde.
Le soleil s'y fait si bien voir,
Y contemplant son beau visage,
Qu'on est quelque temps à savoir
Si c'est lui-même, ou son image,
Et d'abord il semble à nos yeux
Qu'il s'est laissé tomber des cieux.

---

1. Le sable.
2. Colère.
3. Divinité romaine de la mer.

Bernières[1], pour qui je me vante
De ne rien faire que de beau,
Reçois ce fantasque tableau
Fait d'une peinture vivante.
Je ne cherche que les déserts,
Où, rêvant tout seul, je m'amuse
À des discours assez diserts
De mon génie avec la muse ;
Mais mon plus aimable entretien
C'est le ressouvenir du tien.

Tu vois dans cette poésie,
Pleine de licence et d'ardeur,
Les beaux rayons de la splendeur
Qui m'éclaire la fantaisie :
Tantôt chagrin, tantôt joyeux,
Selon que la fureur m'enflamme,
Et que l'objet s'offre à mes yeux,
Les propos me naissent en l'âme,
Sans contraindre la liberté
Du démon[2] qui m'a transporté.

Ô que j'aime la solitude !
C'est l'élément des bons esprits,
C'est par elle que j'ai compris
L'art d'Apollon sans nulle étude.
Je l'aime pour l'amour de toi,
Connaissant que ton humeur l'aime ;
Mais, quand je pense bien à moi,
Je la hais pour la raison même :
Car elle pourrait me ravir
L'heur[3] de te voir et te servir.

---

1. Dédicataire du poème et ami de Saint-Amant.
2. Au sens grec de Daimon : génie qui inspire le poète.
3. Chance, bonheur.

| JEAN DE SPONDE (1557-1595)
| Sonnets de la mort, 1588

Tout s'enfle contre moi

Tout s'enfle contre moi, tout m'assaut, tout me tente,
Et le Monde, et la Chair, et l'Ange révolté,
Dont l'onde, dont l'effort, dont le charme inventé
Et m'abîme, Seigneur, et m'ébranle, et m'enchante.

Quelle nef, quel appui, quelle oreille dormante,
Sans péril, sans tomber, et sans être enchanté,
Me donras-tu[1] ? Ton Temple où vit ta Sainteté,
Ton invincible main, et ta voix si constante ?

Et quoi ? Mon Dieu, je sens combattre mainte fois
Encore avec ton Temple, et ta main, et ta voix,
Cet Ange révolté, cette Chair, et ce Monde.

Mais ton Temple pourtant, ta main, ta voix sera
La nef, l'appui, l'oreille, où ce charme perdra,
Où mourra cet effort, où se rompra cette onde.

---

1. Pour « me donneras-tu ».

AGRIPPA D'AUBIGNÉ (1552-1630)
Stances, posthume

Tout cela qui sent l'homme...

Tout cela qui sent l'homme à mourir me convie,
En ce qui est hideux je cherche mon confort :
Fuyez de moi, plaisirs, heurs[1], espérance et vie,
Venez, maux et malheurs et désespoir et mort !

Je cherche les déserts, les roches égarées,
Les forêts sans chemin, les chênes périssants,
Mais je hais les forêts de leurs feuilles parées,
Les séjours fréquentés, les chemins blanchissants.

Quel plaisir c'est de voir les vieilles haridelles
De qui les os mourants percent les vieilles peaux ;
Je meurs des oiseaux gais volants à tire d'ailes,
Des courses de poulains et des sauts de chevreaux !

Heureux quand je rencontre une tête séchée,
Un massacre de cerf, quand j'oi[2] les cris des faons,
Mais mon âme se meurt de dépit asséchée,
Voyant la biche folle aux cris des enfants.

J'aime à voir de beautés la branche déchargée,
À fouler le feuillage étendu par l'effort
D'automne ; sans espoir, leur couleur orangée
Me donne pour plaisir l'image de la mort.

---

1. Bonheurs, chance.
2. J'entends.

Un éternel horreur, une nuit éternelle
M'empêche de fuir et de sortir dehors,
Que de l'air courroucé une guerre cruelle
Ainsi comme l'esprit, m'emprisonne le corps !

Jamais le clair soleil ne rayonne ma tête,
Que le ciel impiteux[1] me refuse son œil,
S'il pleut qu'avec la pluie il crève de tempête,
Avare du beau temps et jaloux du soleil !

AGRIPPA D'AUBIGNÉ (1552-1630)
Stances, posthume

J'ouvre mon estomac...

J'ouvre mon estomac, une tombe sanglante
De maux ensevelis. Pour Dieu, tourne tes yeux,
Diane, et vois au fond mon cœur parti en deux,
Et mes poumons gravés d'une ardeur violente.

Vois mon sang écumeux tout noirci par la flamme,
Mes os secs de langueur en pitoyable point,
Mais considère aussi ce que tu ne vois point,
Le reste des malheurs qui saccagent mon âme.

Tu me brûles et au four de ma flamme meurtrière
Tu chauffes ta froideur ; tes délicates mains
Attisent mon brasier, et tes yeux inhumains
Pleurent non de pitié, mais flambants de colère.

---

1. Sans pitié.

À ce feu dévorant de ton ire[1] allumée
Ton œil enflé gémit, tu pleures à ma mort,
Mais ce n'est pas mon mal qui te déplaît si fort :
Rien n'attendrit tes yeux que mon aigre fumée.

Au moins après ma fin que ton âme apaisée
Brûlant le cœur, le corps, hostie à ton courroux,
Prenne sur mon esprit un supplice plus doux,
Étant d'ire en ma vie en un coup épuisée.

HONORÉ D'URFÉ (1567-1625)
L'Astrée, 1607

Comparaison d'une fontaine
à son déplaisir

Cette source éternelle,
Qui ne finit jamais,
Mais qui se renouvelle
Par des flots plus épais,
Ressemble à ces ennuis dont le regret m'oppresse.
Car comme elle est sans cesse
D'une source féconde au malheur que je sens,
Ils s'en vont renaissants.

Puis d'une longue course,
Tout ainsi que ces flots
Vont éloignant leur source,
Sans prendre nul repos,

---

1. Colère (du latin *ira*).

Moi par divers travaux, par mainte et mainte peine,
       Comme parmi l'arène,
Serpentant à grands sauts, l'onde s'en va courant,
       Mon mal je vais pleurant.

       Et comme vagabonde
       Murmurant elle fuit,
       Quand onde dessus onde
       À longs flots elle bruit,
De même, me plaignant de ma triste aventure,
       Contre amour je murmure ;
Mais que me vaut cela, puisqu'il faut qu'à la fin
       Je suive mon destin ?

THÉOPHILE DE VIAU (1590-1626)
Œuvres, 1621

La solitude

Ode

Dans ce val solitaire et sombre,
Le cerf qui brame au bruit de l'eau,
Penchant ses yeux dans un ruisseau,
S'amuse à regarder son ombre.

De cette source une Naïade[1],
Tous les soirs ouvre le portail
De sa demeure de cristal,
Et nous chante une sérénade.

---

1. Divinité grecque des sources et des rivières.

Les Nymphes que la chasse attire
À l'ombrage de ces forêts,
Cherchent des cabinets secrets,
Loin de l'embûche du Satyre [1].

Jadis au pied de ce grand chêne,
Presque aussi vieux que le soleil,
Bacchus [2], l'Amour et le Sommeil,
Firent la fosse de Silène [3].

Un froid et ténébreux silence,
Dort à l'ombre de ses ormeaux,
Et les vents battent les rameaux
D'une amoureuse violence [...]

1. Divinité grecque de la terre, à corps humain, cornes et pieds de chèvre. Synonyme de Faune.
2. Dieu du vin chez les Romains, identifié au Dionysos des Grecs.
3. Vieillard mythique, éducateur de Dionysos, représenté sur un âne et toujours ivre.

SIMÉON-GUILLAUME DE LA ROQUE
(1551-1611)
Œuvres, 1609

Faut-il que ces vallons...

Faut-il que ces vallons, doux séjour du silence,
Soient tant importunés des accents de ma voix ?
Hélas ! quel tort m'ont fait les arbres de ces bois
Pour leur graver au sein le sujet qui m'offense ?

Pourquoi faut-il ainsi, poussé d'impatience,
Que je trouble ces eaux tous les jours tant de fois ?
Pourquoi vais-je fouler les fleurs en tant d'endroits,
Ces fleurs qui de mon mal souffrent par innocence ?

Mais vous m'excuserez, arbres, fleurs, et ruisseaux,
Qui sentîtes jadis les semblables travaux[1]
Quand votre corps sensible errait parmi ces plaines.

Pour ne sentir le mal qui me rend langoureux,
Hélas, je voudrais être en ces bois ombrageux
Transformé comme vous pour ne sentir mes peines.

---

1. « Travaux » est pris dans son acception étymologique : « peines ».
Le triapilum était un objet de torture. Ovide chante dans ses *Métamorphoses* des amants malheureux qui furent transformés en arbres.

JACQUES DES BARREAUX (1599-1673)
Nouveau cabinet des Muses, 1658

La vie est un songe

Tout n'est plein ici bas que de vaine apparence,
Ce qu'on donne à sagesse est conduit par le sort,
L'on monte et l'on descend avec un pareil effort,
Sans jamais rencontrer l'état de consistance.

Que veiller et dormir ont peu de différence,
Grand maître en l'art d'aimer, tu te trompes bien fort
En nommant le sommeil l'image de la mort,
La vie et le sommeil ont plus de ressemblance.

Comme on rêve en son lit, rêver en la maison,
Espérer sans succès, et craindre sans raison,
Passer et repasser d'une à une autre envie,

Travailler avec peine et travailler sans fruit,
Le dirai-je, mortels, qu'est-ce que la vie?
C'est un songe qui dure un peu plus qu'une nuit.

JEAN-BAPTISTE CHASSIGNET (1571-1635)
Le Mépris de la vie et consolation
contre la mort, 1594

Notre vie est semblable...

Notre vie est semblable à la lampe enfumée,
Aux uns le vent la fait couler soudainement,
Aux autres il l'éteint d'un subit soufflement
Quand elle est seulement à demi allumée,

Aux autres elle luit jusqu'au bout consumées,
Mais, en fin, sa clarté cause son brûlement :
Plus longuement elle art[1], plus se va consumant,
Et sa faible lueur ressemble à sa fumée.

Même son dernier feu est son dernier coton
Et sa dernière humeur que le trépas glouton
Par divers intervalle ou tôt ou tard consume.

Ainsi naître et mourir aux hommes ce n'est qu'un
Et le flambeau vital qui tout le monde allume,
Ou plut tôt ou plus tard, s'éloigne d'un chacun.

---

1. Elle brûle.

TRISTAN L'HERMITE (1601-1655)
Poésies galantes et héroïques, 1648

Les images d'un songe

C'est fait de mes Destins, je commence à sentir
Les incommodités que la vieillesse apporte.
Déjà la pâle Mort pour me faire partir,
D'un pied sec et tremblant vient frapper à ma porte.

Ainsi que le soleil sur la fin de son cours
Paraît plutôt tomber que descendre dans l'onde,
Lorsque l'homme a passé les plus beaux de ses jours,
D'une course rapide il passe en l'autre monde.

Il faut éteindre en nous tous frivoles désirs,
Il faut nous détacher des terrestres plaisirs
Où sans discrétion notre appétit nous plonge.

Sortons de ces erreurs par un sage conseil ;
Et cessant d'embrasser les images d'un songe,
Pensons à nous coucher pour le dernier sommeil.

JEAN AUVRAY (vers 1580 - vers 1630)
Promenade de l'âme dévote, 1633

En extase je tombe...

En extase je tombe, et sans sentir je sens
Une insensible main qui dérobe mes sens,
Tient mon âme en suspens, agilement transporte
Moi-même de moi-même, et sur un mont me porte;
Un mont épouvantable, horrible, où les corbeaux,
Laidement croassant, déchiraient par morceaux
Des corps suppliciés les entrailles puantes;
Là n'étaient que gibets, que potences sanglantes,
Qu'horreur, qu'effroi, que sang, qu'abomination,
Que mort, que pourriture et désolation.
Comme s'y promenait mon âme épouvantée,
Elle y vit une croix nouvellement plantée,
Construite, ce semblait, de trois sortes de bois;
Un homme massacré pendait sur cette croix,
Si crasseux, si sanglant, si meurtri, si difforme,
Qu'à peine y pouvait-on discerner quelque forme,
Car le sang que versait son corps en mille lieux
Déshonorait son front, et sa bouche et ses yeux;
Toute sa face était de crachats enlaidie,
Sa chair en mille endroits était toute meurtrie,
Sa croix de toutes parts pissait les flots de sang,
Ses pieds, ses mains, son chef, et sa bouche et son flanc,
En jetaient des ruisseaux, les cruelles tortures
Lui avaient tout démis les os de ses jointures,
Sa peau sanglante était cousue avec ses os,
Et son ventre attaché aux vertèbres du dos
Sans entrailles semblait, une épine cruelle

Fichait ses aiguillons jusques dans sa cervelle,
Dont les sanglots bouillons à mesure séchés
Coulaient, barbe et cheveux sur sa face couchés;
Ce qui restait encore de sa chair détranchée,
Pendait horriblement par lambeaux écorchée,
Tous ces membres étaient ou ployés, ou meurtris;
Bref, comme en ces lépreux confirmés et pourris,
L'on voyait au profond de ses larges ulcères
Ses veines, ses tendons, ses nerfs et ses artères,
L'on pouvait aisément lui compter tous les os,
Ce n'était qu'un squelette, qu'une sèche Atropos[1],
Un spectre, une carcasse, et pour bien dire en somme,
Ce mort ressemblait mieux un fantôme qu'un homme,
Sinon que de ses yeux morts et ensanglantés
Rejaillissaient encore tant de vives clartés,
Tant de traits, tant d'attraits, que pour moi il me semble
Que ce mort était vif, ou vif et mort ensemble [...].

---

1. L'une des Parques, divinités du Destin dans la religion romaine. Les Parques (trois sœurs) tissaient des fils représentant chacun la vie d'un homme. Atropos était celle qui décidait de la mort des humains en tranchant le fil de leur vie.

FRANÇOIS DE MALHERBE (1555-1628)
Œuvres de François de Malherbe, posthume

Aux ombres de Damon

L'Orne comme autrefois nous reverrait encore,
Ravis de ces pensées que le vulgaire ignore,
Égarer à l'écart nos pas et nos discours ;
Et couchés sur les fleurs comme étoiles semées,
Rendre en si doux ébat les heures consumées,
        Que les soleils nous seraient courts.

Mais, ô loi rigoureuse à la race des hommes,
C'est un point arrêté, que tout ce que nous sommes,
Issus de pères rois et de pères bergers,
La Parque également sous la tombe nous serre,
Et les mieux établis au repos de la terre,
        N'y sont qu'hôtes et passagers.

Tout ce que la grandeur a de vains équipages,
D'habillements de pourpre, et de suite de pages,
Quand le terme est échu n'allonge point nos jours ;
Il faut aller tous nus où le destin commande ;
Et de toutes douleurs, la douleur la plus grande
        C'est qu'il faut laisser nos amours.

Amours qui la plupart infidèles et feintes,
Font gloire de manquer à nos cendres éteintes,
Et qui plus que l'honneur estimant le plaisir,
Sous le masque trompeur de leurs visages blêmes,
Acte digne du foudre ! en nos obsèques mêmes
        Conçoivent de nouveaux désirs.

Elles savent assez alléguer Artémise[1],
Disputer du devoir, et de la foi promise ;
Mais tout ce beau langage est de si peu d'effet
Qu'à peine en leur grand nombre une seule se trouve
De qui la foi survive, et qui fasse la preuve
      Que ta Carinice te fait.

Depuis que tu n'es plus, la campagne déserte
A dessous deux hivers perdu sa robe verte,
Et deux fois le printemps l'a repeinte de fleurs,
Sans que d'aucuns discours sa douleur se console,
Et que ni la raison, ni le temps qui s'envole,
      Puisse faire tarir ses pleurs.

Le silence des nuits, l'horreur des cimetières,
De son contentement sont les seules matières ;
Tout ce qui plaît déplaît à son triste penser ;
Et si tous ses appas sont encore en sa face,
C'est que l'amour y loge, et que rien qu'elle fasse
      N'est capable de l'en chasser […]

---

1. Artémise fit élever pour son frère et époux Mausole un magnifique tombeau.

FRANÇOIS MAYNARD (1582-1646)
Jardin d'Épitaphes choisies, posthume

Je suis dans le penchant...

Je suis dans le penchant de mon âge de glace
Mon âge se détache et va laisser mon corps ;
En cette extrémité que faut-il que je fasse
Pour entrer sans frayeur dans la terre des morts ?

J'ai flatté les puissants, j'ai plâtré leurs malices,
J'ai fait de mes péchés mes uniques plaisirs,
Je me suis tout entier plongé dans les délices,
Et les biens passagers ont été mes désirs.

Tout espoir de salut me semble illégitime ;
Je suis persécuté de l'horreur de mon crime,
Et son affreuse image est toujours devant moi.

Mais, ô mon doux Sauveur, que mon âme est confuse !
Que je suis faiblement assisté de ma foi !
Rends-tu pas innocent le pécheur qui s'accuse ?

AGRIPPA D'AUBIGNÉ (1552-1630)
Les Tragiques, 1616

Les misères

[...] Ici je veux sortir du général discours
De mon tableau public ; je fléchirai le cours
De mon fil entrepris, vaincu de la mémoire
Qui effraye mes sens d'une tragique histoire :
Car mes yeux sont témoins du sujet de mes vers.
    J'ai vu le reître noir foudroyer au travers
Les masures de France, et comme une tempête,
Emporter ce qu'il peut, ravager tout le reste ;
Cet amas affamé nous fit à Mont-moreau
Voir la nouvelle horreur d'un spectacle nouveau.
Nous vînmes sur leurs pas, une troupe lassée
Que la terre portait, de nos pas harassée.
Là de mille maisons on ne trouva que feux,
Que charognes, que morts ou visages affreux.
La faim va devant moi, force est que je la suive.
J'oi[1] d'un gosier mourant une voix demi-vive :
Le cri me sert de guide, et fait voir à l'instant
D'un homme demi-mort le chef[2] se débattant,
Qui sur le seuil d'un huis[3] dissipait sa cervelle.
Ce demi-vif la mort à son secours appelle
De sa mourante voix, cet esprit demi-mort
Disait en son patois (langue de Périgord) :
« Si vous êtes Français, Français, je vous adjure,
Donnez secours de mort, c'est l'aide la plus sûre

---

1. J'entends.
2. La tête.
3. La porte.

Que j'espère de vous, le moyen de guérir ;
Faites-moi d'un bon coup et promptement mourir.
Les reîtres[1] m'ont tué par faute de viande,
Ne pouvant ni fournir ni ouïr leur demande ;
D'un coup de coutelas l'un d'eux m'a emporté
Ce bras que vous voyez près du lit à côté ;
J'ai au travers du corps deux balles de pistole. »
Il suivit, en coupant d'un grand vent sa parole :
« C'est peu de cas encore et de pitié de nous ;
Ma femme en quelque lieu, grosse est morte de coups.
Il y a quatre jours qu'ayant été en fuite
Chassés à la minuit, sans qu'il nous fût licite
De sauver nos enfants liés en leurs berceaux,
Leurs cris nous appelaient, et entre ces bourreaux
Pensant les secourir nous perdîmes la vie.
Hélas ! si vous avez encore quelque envie
De voir plus de malheur, vous verrez là-dedans
Le massacre piteux[2] de nos petits enfants. »
J'entre, et n'en trouve qu'un, qui lié dans sa couche
Avait les yeux flétris, qui de sa pâle bouche
Poussait et retirait cet esprit languissant
Qui, à regret son corps par la faim délaissant,
Avait lassé sa voix bramant après sa vie.
Voici après entrer l'horrible anatomie
De la mère asséchée : elle avait de dehors
Sur les reins dissipés traîné, roulé son corps,
Jambes et bras rompus, une amour maternelle
L'émouvant pour autrui beaucoup plus que pour elle.
À tant elle approcha sa tête du berceau,
La releva dessus ; il ne sortait plus d'eau
De ses yeux consumés ; de ses plaies mortelles
Le sang mouillait l'enfant ; point de lait aux mamelles,

---

1. Guerriers brutaux.
2. Qui fait pitié.

Mais des peaux sans humeur : ce corps séché, retrait[1],
De la France qui meurt fut un autre portrait.
Elle cherchait des yeux deux de ses fils encore,
Nos fronts l'épouvantaient ; enfin la mort dévore
En même temps ces trois. J'eus peur que ces esprits
Protestassent mourant contre nous de leurs cris ;
Mes cheveux étonnés hérissent en ma tête ;
J'appelle Dieu pour juge, et tout haut je déteste
Les violeurs de paix, les perfides parfaits[2],
Qui d'une sale cause amènent tels effets.
Là je vis étonnés les cœurs impitoyables,
Je vis tomber l'effroi dessus les effroyables.
Quel œil sec eût pu voir les membres mi-mangés
De ceux qui par la faim étaient morts enragés ?

   Et encore aujourd'hui, sous la loi de la guerre,
Les tigres vont brûlant les trésors de la terre,
Notre commune mère ; et le dégât du pain
Au secours des lions ligue la pâle faim.
En ce point, lors que Dieu nous épanche une pluie,
Une manne de blés pour soutenir la vie,
L'homme, crevant de rage et de noire fureur,
Devant les yeux émus de ce grand bienfaiteur
Foule aux pieds ses bienfaits en villenant[3] sa grâce,
Crache contre le ciel, ce qui tourne en sa face.
La terre ouvre aux humains et son lait et son sein,
Mille et mille douceurs que de sa blanche main
Elle apprête aux ingrats, qui les donnent aux flammes.
Les dégâts font languir les innocentes âmes.
En vain le pauvre en l'air éclate pour du pain :
On embrase la paille, on fait pourrir le grain
Au temps que l'affamé à nos portes séjourne.

------

1. Rétréci.
2. Représente ici le parti des catholiques.
3. Outrageant, avilissant.

Le malade se plaint : cette voix nous ajourne
Au trône du grand Dieu ; ce que l'affligé dit
En l'amer de son cœur, quand son cœur nous maudit,
Dieu l'entend, Dieu l'exauce, et ce cri d'amertume
Dans l'air ni dans le feu volant ne se consume ;
Dieu scelle de son sceau ce piteux testament,
Notre mort en la mort qui le va consumant.
    La mort en paiement n'a reçu l'innocence
Du pauvre qui mettait sa chétive espérance
Aux aumônes du peuple. Ah ! que dirai-je plus ?
De ces événements n'ont pas été exclus
Les animaux privés, et hors de leurs villages
Les mâtins allouvis[1] sont devenus sauvages,
Faits loups de naturel et non pas de la peau :
Imitant les plus grands, les pasteurs du troupeau
Eux-mêmes ont égorgé ce qu'ils avaient en garde.
Encore les verrez-vous se venger, quoi qu'il tarde,
De ceux qui ont ôté aux pauvres animaux
La pâture ordonnée : ils seront les bourreaux
De l'ire[2] du grand Dieu, et leurs dents affamées
Se crèveront des os de nos belles armées.
Ils en ont eu curée en nos sanglants combats,
Si bien que des corps morts rassasiés et las,
Aux plaines de nos camps de nos os blanchissantes,
Ils courent forcenés les personnes vivantes.
Vous en voyez l'épreuve au champ de Montcontour :
Héréditairement ils ont depuis ce jour
La rage naturelle, et leur race enivrée
Du sang des vrais Français se sent de la curée.
    Pourquoi, chiens, auriez-vous en cette âpre saison
(Nés sans raison) gardé aux hommes la raison,

---

1. Affamés.
2. Colère. Du latin « ira ».

Quand Nature sans loi, folle, se dénature
Quand Nature mourant dépouille sa figure,
Quand les humains privés de tous autres moyens,
Assiégés, ont mangé leurs plus fidèles chiens,
Quand sur les chevaux morts on donne des batailles
À partir le butin des puantes entrailles ?
     [...] Cette horreur que tout œil en lisant a douté,
Dont nos sens démentaient la vraie antiquité,
Cette rage s'est vue, et les mères non-mères
Nous ont de leurs forfaits pour témoins oculaires,
C'est en ces sièges lents, ces sièges sans pitié,
Que des seins plus aimants s'envole l'amitié.
La mère du berceau son cher enfant délie ;
L'enfant qu'on débandait autrefois pour sa vie
Se développe ici par les barbares doigts
Qui s'en vont détacher de nature les lois.
La mère défaisant, pitoyable et farouche,
Les liens de pitié avec ceux de sa couche,
Les entrailles d'amour, les filets de son flanc,
Les intestins brûlant par les tressauts du sang,
Le sens, l'humanité, le cœur ému qui tremble,
Tout cela se détord et se démêle ensemble.
[...] Cette main s'employait pour la vie autrefois ;
Maintenant à la mort elle emploie ses doigts ;
La mort qui d'un côté se présente, effroyable,
La faim de l'autre bout bourrelle [1] impitoyable.
La mère ayant longtemps combattu dans son cœur
Le feu de la pitié, de la faim, la fureur,
Convoite dans son sein la créature aimée
Et dit à son enfant (moins mère qu'affamée) :
« Rends misérable, rends le corps que je t'ai fait ;
Ton sang retournera où tu as pris le lait,

---

1. Femme qui inflige des tortures (féminin de bourreau).

Au sein qui t'allaitait rentre contre nature ;
Ce sein qui t'a nourri sera ta sépulture. »
La main tremble en tirant le funeste couteau,
Quand, pour sacrifier de son ventre l'agneau,
Des pouces elle étreint la gorge, qui gazouille
Quelques mots sans accents, croyant qu'on la chatouille :
Sur l'effroyable coup le cœur se refroidit.
Deux fois le fer échappe à la main qui raidit.
Tout est troublé, confus, en l'âme qui se trouve
N'avoir plus rien de mère, et avoir tout de louve.
De sa lèvre ternie il sort des feux ardents,
Elle n'apprête plus les lèvres, mais les dents,
Et des baisers changés en avides morsures.
La faim achève tout de trois rudes blessures,
Elle ouvre le passage au sang et aux esprits ;
L'enfant change visage et ses ris en ses cris ;
Il pousse trois fumeaux[1], et n'ayant plus de mère,
Mourant, cherche des yeux les yeux de sa meurtrière. [...]

---

1. Cris.

GUILLAUME DU BARTAS (1544-1590)
La Première Semaine, 1574

Premier jour de la semaine

Dieu ne fit seulement unique la nature ;
Ainsi il la fit bornée et d'âge et de figure,
Voulant que l'être seul de sa Divinité
Se vît toujours exempte de toute quantité.
Vraiment le Ciel ne peut se dire sans mesure
Vu qu'en temps mesuré sa course se mesure.
Ce tout n'est immortel, puisque par maint effort,
Ses membres vont sentant la rigueur de la mort :
Que son commencement de sa fin nous assure,
Et que tout va, ci bas, ou change d'heure en heure.
Composez hardiment, ô sages Grecs, les cieux
D'un cinquième élément : disputez, curieux,
Qu'en leur corps par tout tond l'œil humain ne remarque
Commencement, ni fin : débattez que la Parque[1]
Asservit seulement sous ses cruelles lois
Ce que l'Astre argenté revoit de mois en mois.
Le faible étaiement de si vaine doctrine
Pourtant ne sauvera ce grand Tout de ruine.
Un jour de comble-en-fond les rochers crouleront ;
Les monts plus sourcilleux de peur se dissoudront ;
Le Ciel se crèvera : les plus basses campagnes
Boursouflées croîtront en superbes montagnes,
Les fleuves tariront, et si dans quelque étang
Reste encore quelque flot, ce ne sera que sang ;
La mer deviendra flamme : et les sèches baleines,

---

1. Voir la note 1, p. 82.

Horribles, meugleront sur les cuites arènes[1] ;
En son midi plus clair le jour s'épaissira,
Le ciel d'un fer rouillé sa face voilera,
Sur les astres plus clairs courra le bleu Neptune[2] ;
Phœbus[3] s'emparera du noir char de la Lune ;
Les étoiles cherront[4]. Le désordre, la nuit,
La frayeur, le trépas, la tempête, la nuit,
Entreront en quartier ; et l'ire vengeresse
Du juge criminel, qui déjà nous presse,
Ne fera de ce Tout qu'un bûcher flamboyant,
Comme il n'en fit jadis qu'un marais ondoyant.

---

1. Le sable.
2. Dieu des mers, nommé aussi Poséidon chez les Grecs.
3. Phœbus est l'un des noms d'Apollon : il signifie le dieu brillant, associé au soleil.
4. Tomberont.

Dieu

Luthériens, calvinistes, catholiques : tous louent Dieu, mais tous le chantent de manière fort différente. Cette idée centrale dont seuls les libertins s'émancipent prend les visages de l'épopée, de la poésie dévote ou de la lyrique mystique. L'épopée de d'Aubigné ou de Du Bartas permet aux huguenots de prouver la valeur de leur croyance. À l'opposé, on peut lire le flamboiement mystique d'une foi triomphante. Qu'il soit protestant ou catholique, Dieu reste la clé de voûte du monde baroque : il est moteur, cause, finalité ; il est le Verbe d'où tout procède et, en définitive, une fois levés les voiles de l'artifice, de l'erreur et de l'inconstance de l'homme, le sujet final de tout discours.

THÉOPHILE DE VIAU (1590-1626)
Œuvres, 1621

Traité de l'immortalité de l'âme

[...] SOCRATE[1] — *Pour se ressouvenir de quelque chose, il faut l'avoir su auparavant; quand la science de quelque chose nous vient de cette façon, il faut avouer que c'est une réminiscence; et voici comment je le prends: si quelqu'un, après avoir vu quelque chose, ou entendu, vient à se ressouvenir non seulement de cela, mais encore de quelque autre chose ensuite, dont la connaissance est différente, le ressouvenir de cette chose plus éloignée s'appelle réminiscence, comme par exemple la connaissance d'un homme et d'un luth sont des choses différentes, et lorsqu'un amoureux vient à voir le luth dont il a vu jouer sa maîtresse, il se souvient aussitôt de sa maîtresse.*

> Si je passe en un jardinage
> Semé de roses et de lis,
> Il me ressouvient de Philis,
> Qui les a dessus son visage.

---

1. Ce texte est une libre adaptation du *Phédon* de Platon.

Diane[1] qui luit dans les cieux
Toujours jeune, amoureuse et belle,
Me la remet devant les yeux,
Pour ce qu'elle est chaste comme elle.

Je la vois si je vois l'aurore,
Et quand le soleil luit ici,
Il me ressouvient d'elle aussi,
Pour ce que l'univers l'adore.

Les grâces dedans un tableau,
Le petit Amour et sa flamme,
Bref, tout ce que je vois de beau
Me la fait revenir dans l'âme.

Ainsi, pensant à Cébès, on peut aussi penser à Simias[2] et cela s'appelle réminiscence, même lorsqu'il arrive qu'on se ressouvient des choses que la longueur du temps et la nonchalance avaient effacées de la mémoire. Et ne se peut-il pas faire que voyant un cheval peint, ou un lit peint, on vienne à se ressouvenir d'une personne? Et qu'à voir la peinture de Simias, on se représente aussi Cébès? Et sans doute aussi voyant Simias peint, on se ressouvient de Simias. Ainsi voyons-nous que la réminiscence arrive par le moyen de ce qui est approchant et semblable, et par le moyen aussi de ce qui est dissemblable.

Au seul ressouvenir d'avoir couru les eaux,
Nos rapides pensées volent dans les étoiles,
Et le moindre instrument qui sert à des vaisseaux
Nous fait ressouvenir du cordage et des voiles. [...]

---

1. La lune.
2. Cébès et Simias sont deux personnages qui interviennent dans le dialogue de Platon.

MADAME GUYON (1648-1717)
Poésies et Cantiques spirituels, posthume

Abîme de l'amour

(Sur l'air de *La jeune Iris* ; ou *Les Folies d'Espagne*)

Depuis longtemps j'ai perdu connaissance ;
Dans un gouffre je me vis abîmer ;
Je ne puis plus supporter la science ;
Heureux mon cœur, si tu sais bien aimer.

Perdu, plongé dans des eaux ténébreuses,
Je ne vois rien, et je ne veux rien voir ;
Mes ténèbres sont des nuits amoureuses ;
Je ne connais mon bien ni mon espoir.

Dans ce profond d'amour inexplicable,
On m'élève bien au-dessus de moi ;
C'est un nuage obscur, invariable,
Où l'âme ne voit qu'une sombre foi.

C'est un brouillard plus clair que la lumière ;
Je ne puis exprimer sa sombre nuit :
On ne dessille jamais la paupière ;
Dedans ce lieu l'on n'entend aucun bruit.

Ces ténèbres où règne le silence,
Font le bonheur de ce cœur amoureux ;
Tout consiste dedans la patience,
Qu'exerce ici cet amant généreux.

MADAME GUYON (1648-1717)
Poésies et Cantiques spirituels, posthume

Océan du divin amour

(Sur l'air de *Je ne veux de Tircis*)

Ô Rayon ténébreux d'une immense clarté;
    Ô nuit! ô torrent de lumière,
    Pur amour, simple Vérité,
    Source de bien, Cause Première!

Doux centre de repos, céleste volupté,
    Sacré monument de la gloire!
    Doux nœud d'une pure unité,
    Absorbement de la mémoire!

Auguste Majesté, chaste et sublime amour,
    Charité pure essentielle!
    Nuit plus brillante que le jour,
    Ta clarté devient éternelle.

Mais que dis-je clarté; tout me paraît obscur;
    C'est un abîme impénétrable:
    Cependant mon cœur est très sûr
    Que sa lumière est véritable.

Dans ce vaste Océan, dans cette mer d'amour
    On ne voit rien que l'amour même;
    Ce que je viens d'appeler jour,
    Paraît ténèbres quand on aime.

L'amour si pur en soi ne nous laisse rien voir ;
    Il absorbe dans sa lumière ;
    On ne peut connaître ou savoir
    Ce qu'on découvre en ce mystère.

Nul objet singulier, un abîme profond
    Environne toute notre âme ;
    Ce qui la perd et la confond,
    C'est une mer toute de flamme.

Mais flamme sans brillant pour notre propre esprit,
    Quoiqu'une source de lumière,
    Qu'on ne comprend, qu'on ne décrit
    Que d'une trop basse manière.

Ce qu'on veut expliquer, se dérobe à nos yeux
    Sitôt qu'on prétend de le faire ;
    Et pour moi, j'aime beaucoup mieux,
    Au lieu de m'énoncer, me taire.

C'est le meilleur parti. Mon cœur, consacrons-nous
    Pour jamais au profond silence ;
    Amour, il me sera plus doux
    Que de te mettre en évidence.

ANTOINE GIRARD,
SEIGNEUR DE SAINT-AMANT
(1594-1661)
Dernier recueil, 1658

Fragment d'une méditation
sur le crucifix

Je me prosterne en ce saint lieu,
Au pied de la croix de mon Dieu;
C'est le seul endroit où ma tête
Est à l'abri de la tempête.
Pour contempler sa passion,
Pour m'en faire une image et plus vive et plus forte,
Sur la montagne de Sion
La grandeur de mon zèle en esprit me transporte.

J'y vois d'un œil baigné de pleurs
Sécher les herbes et les fleurs
Autour du cèdre vénérable
Que dresse un peuple inexorable.
J'y vois mon Sauveur attaché,
J'y vois les rudes clous, les cruelles épines,
Qu'il endure pour mon péché,
Entre deux criminels convaincus de rapines.

J'y vois languir ces chers soleils
Qui n'ont qu'eux-mêmes de pareils;
J'y contemple ce front auguste
Se courber sous un faix[1] injuste.

---

1. Fardeau.

J'y regarde ces nobles mains,
J'y vois ces dignes pieds s'enfler dans le martyre,
Et pour laver tous les humains
Donner tout le beau sang que la rigueur en tire.

JEAN DE LA CEPPÈDE (1550-1623)
Les Théorèmes, 1613

Ô royauté tragique !

Ô royauté tragique ! ô vêtement infâme[1] !
Ô poignant diadème[2] ! ô sceptre rigoureux !
Ô belle, et chère tête ! ô l'amour de mon âme !
Ô mon Christ, seul fidèle et parfait amoureux !

On vous frappe, ô saint chef[3], et ces coups douloureux
Font que votre couronne en cent lieux vous r'entame.
Bourreaux, assénez-le d'une tranchante lame,
Et versez tout à coup ce pourpre généreux.

Faut-il pour une mort qu'il en souffre dix mille ?
Hé, voyez que le sang, qui de son chef distille,
Ses prunelles détrempe, et rend leur jour affreux.

Ce pur sang, ce nectar, profané se mélange
À vos sales crachats, dont la sanglante fange
Change ce beau visage en celui d'un lépreux.

———————

1. Manteau de pourpre dont les bourreaux revêtirent le Christ par
dérision.
2. Ce diadème « piquant » est la couronne d'épines du Christ.
3. Tête.

JEAN RACINE (1639-1699)
Cantiques spirituels, 1694

Le samedi, à Laudes

L'aurore brillante et vermeille
Prépare le chemin au soleil qui la suit ;
Tout rit aux premiers traits du jour qui se réveille :
Retirez-vous, démons qui volez dans la nuit.

Fuyez songes, troupe menteuse,
Dangereux ennemis par la nuit enfantés,
Et que fuie avec vous la mémoire honteuse
Des objets qu'à nos sens vous avez présentés.

Chantons l'Auteur de la lumière,
Jusqu'au jour où son ombre a marqué notre fin ;
Et qu'en le bénissant notre aurore dernière
Se perde en un midi sans soir et sans matin.

Gloire à toi, trinité profonde,
Père, fils, Esprit saint : qu'on adore toujours,
Tant que l'astre des temps éclairera le monde,
Et quand les siècles même auront fini leur cours.

CLAUDE HOPIL (avant 1585 - après 1633)
Les Divins Élancements d'amour, 1629

Qu'est-ce donc que je vois ?

Qu'est-ce donc que je vois ? Quelle vision pure !
Je vois le Créateur, en lui la créature,
      Je vois l'être et le rien,
Je vois le rien en Dieu, l'être qui l'être pâme,
Si l'un me fait mourir, l'autre ravit mon âme
      Dans son souverain bien.

Je vois le néant simple en sa nature belle.
Quel prodige ! un néant de néant se révèle
      En moi par le péché ;
Mais si sortant de moi j'élève au ciel la vue,
Je vois le Dieu de Dieu, dans une claire nue
      Le Soleil est caché.

Tirez un peu le voile, ô gardien céleste,
Afin que comme amour mon Dieu se manifeste,
      Non comme vérité ;
Je ne sais que je dis, l'amour, la sapience[1]
Avec la vérité sont une même essence
      Dedans la Trinité.

Hé ! qu'est-ce que je vois ? je ne vois nulle chose ;
Si fait, je vois un Tout ; l'effet ne voit la cause ;
      Ha ! j'ai perdu l'esprit ;
Hé ! qui ne perdrait devant cet Être immense
Dans lequel l'Ange trouve en sainte défaillance
      La vie en Jésus-Christ ?

---

1. La sagesse.

CLAUDE HOPIL (avant 1585 - après 1633)
Les Divins Élancements d'amour, 1629

Du rien je m'achemine...

Du rien je m'achemine aux pieds de Jésus-Christ,
Des pieds à son côté où je reçois l'esprit
Qui fait parvenir l'homme à la divine bouche ;
On jouit en ce lieu d'une si grande paix
Que la sainte âme veut demeurer à jamais
      Dans cette heureuse couche.

Ô beau lit de l'époux plein d'œillets et de lys !
N'êtes-vous pas de Dieu le très doux Paradis ?
Dans ce lit à mi-jour sommeille la sainte âme,
Elle y dort, elle y veille, et tandis qu'elle y dort,
L'époux veillant sur elle, au baiser de la mort
      Ravie elle se pâme.

Le Père vient en elle et lui donne un baiser
De la bouche du Verbe, et la vient épouser,
Le feu du saint-Esprit l'enflamme et la dévore
En respirant sur elle ; en ce lit non pareil
Voyant trois purs rayons elle adore un soleil
      Qui reluit sans aurore.

Dans le pur orient du firmament de Dieu
Luit un midi de gloire, en ce lieu sur tout lieu,
Midi qui sans changer toujours midi demeure ;
Qui ne voudrait mourir pour vivre en ce séjour ?
Ô mon Dieu, pour vous voir, faites donc que d'amour
      En extase je meure.

CLAUDE HOPIL (avant 1585 - après 1633)
Les Divins Élancements d'amour, 1629

Solitaire hauteur...

Solitaire hauteur, sainte horreur ravissante,
    Silence glorieux,
Beau sein des Séraphins, ombre resplendissante,
    Douce mort de nos yeux,
Extase des esprits, jusqu'à vous ma pensée
    Ne peut être élancée.

Je connais par la foi que vous êtes Dieu même
    Qui ne peut être vu,
De vos pures clartés un seul rayon suprême
    Ayant l'âme entrevu,
En un petit moment il se change en nuage
    Dans le mystique ombrage.

L'œil de l'entendement par la main de mon Ange
    Étant fermé, je vois
Par celui de l'amour en objet qui ne change,
    Et soudain j'en vois trois,
Je dis trois purs rayons au Soleil qui m'embrase
    Et me met en extase.

J'admire cet objet en cette prison noire
    Dans le divin miroir,
Dieu me donne un esprit pour adorer sa gloire;
    Non des yeux pour le voir,
Je l'aime purement, mon cœur en ce lieu sombre
    Voit son soleil à l'ombre.

Table des poèmes

Du tableau

au texte

Alain Jaubert

Du tableau au texte

Grotesques
d'Antonio Tempesta
et ses collaborateurs

… prenez un instant pour lever les yeux au ciel…

Vous pouvez pénétrer à la galerie des Offices à Florence pour visiter le musée de peinture et ses splendeurs sans même voir certains détails. Il y a tant à regarder, de Botticelli à Dürer, de Titien à Van Dyck, de Caravage à Rembrandt, que vous aurez bien des excuses pour ne pas avoir remarqué ceux-là. Mais en déambulant dans cette immense galerie en forme de U qui a été bâtie à partir de 1574 pour compléter les bureaux du palais construits par Vasari quinze ans plus tôt, prenez un instant pour lever les yeux au ciel. Et alors, vous allez les découvrir. Pas un pouce des plafonds ou des voûtes n'a été épargné. Les fonds clairs grouillent de milliers de petits motifs peints à fresque. Soigneusement représentés, escaliers, rinceaux, pilastres, paniers, trophées, colonnes, candélabres, arceaux, baldaquins, pergolas ou treilles découpent des espaces où s'agitent en tous sens griffons, sphinx et sphinges, licornes, dragons, satyres, centaures, sirènes à corps de poissons ou de volatiles, humains à corps végétaux, têtes ailées, *putti*, masques, tritons, oiseaux, serpents, bouquets, fleurs géantes, branches, guirlandes, rubans, lampes, armes, instruments de musique, blasons, tableaux et tableautins… Un bric-à-brac insensé, vertigineux, dont on se dit d'abord qu'il est distribué au hasard selon la fantaisie de peintres malicieux et qu'il n'a aucun sens.

Quand, au prix de sérieuses crampes cervicales, vous aurez réussi à observer un peu longuement ces plafonds surchargés qui se succèdent de salle en salle, vous découvrirez que si l'idée de désordre domine d'abord, c'est bien parce que ces peintures sont au contraire le produit d'un ordre savant et secret. Les moulures et les voûtes des plafonds, les treillages ou les fausses architectures délimitent des zones régulières, symétriques, construites selon les principes de pliage, de reflet, de kaléidoscope. Si l'on parvient à saisir un plafond dans son ensemble, on voit émerger des axes, des répétitions, des unités strictes. Et c'est seulement à l'intérieur de ces architectures répétitives que s'ébattent les foules de petites figures diaboliques. L'œil, troublé, décontenancé, émerveillé parfois, s'attarde, cherche des répétitions, des allusions, des histoires, s'obstine à donner un sens à ces artifices, à ces caprices.

… le peintre se libère de la pesanteur…

Lorsque Alessandro Allori et Antonio Tempesta peignent les huit cents mètres carrés des corridors des Offices, entre 1579 et 1581, assistés de plusieurs équipes de fresquistes, cela fait près d'un siècle que la mode de ce genre de peinture s'est répandue en Italie centrale. À l'origine, d'intrépides archéologues amateurs : vers 1480, ces curieux explorent et agrandissent les trous qui truffent la colline de l'Esquilin, celle dont les pentes bordent le Colisée. Ils descendent dans des cavernes spacieuses qui ne sont autres que les pièces de l'ancienne maison de Néron, la fameuse *Domus aurea*, la « Maison d'or », qui avait été recouverte au IIe siècle par les remblais et les thermes de Trajan. Sur les murs, à la lumière mouvante des flambeaux et des lampes à huile, des décorations insolites, plantes exubérantes en arabesques, monstres animaux ou humains, masques, personnages mythologiques. Les peintres en entendent parler, descendent à leur tour, décalquent et recopient, remplissent cahiers et carnets de ces motifs merveilleux. Un texte de l'époque décrit ces cavités « *en toute saison pleines de peintres... Ils sont couchés à plat ventre avec des provisions de pain, fruits, vin. Plus que bizarre : des formes cocasses... ils font courir sous les voûtes grenouilles, chouettes, chats-huants, oiseaux de nuit en se rompant l'échine sur les genoux...* ». Preuve de cette affluence, on peut lire encore graffitis et signatures des peintres auprès de ces fresques.

Puisque ces peintures ont été découvertes dans ce qui passait alors pour des grottes, on les nomma « grotesques », mot dont le succès fut tel, en italien comme en français, qu'il devint vite aussi un adjectif et servit à caractériser toutes sortes de figures étranges, difformes, comiques, ridicules, caricaturales. Giorgio Vasari (1511-1574), architecte et peintre, fut le premier des grands historiens de l'art. Toujours soucieux de précisions techniques, il tente, dans ses pages sur la peinture, de définir ces nouvelles formes apparues juste quelques années avant sa naissance : « *Les grotesques sont une catégorie de peinture libre et cocasse inventée dans l'Antiquité pour orner des surfaces murales où seules des formes en suspension dans l'air pouvaient trouver place. Les artistes y représentaient des difformités monstrueuses créées du caprice de la nature ou de la fantaisie extravagante d'artistes : ils inventaient ces*

*formes en dehors de toute règle, suspendaient à un fil très fin
un poids qu'il ne pouvait supporter, transformaient les pattes
d'un cheval en feuillage, les jambes d'un homme en pattes de
grue et peignaient ainsi une foule d'espiègleries et d'extrava-
gances. Celui qui avait l'imagination la plus folle passait
pour le plus doué. Par la suite des règles furent introduites et
l'on fit merveille dans les frises et les compartiments à décorer. »*

Les érudits connaissaient déjà l'existence de ces
peintures par les textes. Car au moins deux personnages importants de l'Antiquité en avaient parlé. Très
négativement d'ailleurs, et leurs critiques méritent
d'être rapportées. D'abord l'architecte romain Vitruve,
défenseur du goût sobre classique : « *... on ne voit plus
sur les murs que des monstres au lieu de ces représentations
naturelles et vraies ; à la place des colonnes on met des
roseaux ; les frontons sont remplacés par des espèces de harpons
et coquilles striées avec des feuillages frisés et des volutes légères.
On fait des candélabres soutenant de petits édifices du haut
desquels s'élèvent, comme si elles y avaient pris racine, de
jeunes tiges à volutes portant sans raison de petites figures
assises. On voit encore des tiges terminées par des fleurs d'où
sortent des demi-figures, les unes avec des visages d'hommes,
d'autres avec des têtes d'animaux. Or, ce sont là des choses qui
n'existent pas, ne peuvent exister et n'existeront jamais. »* On
remarquera que ce que nous décrit Vitruve, au Ier siècle
de notre ère, c'est exactement ce que vont se mettre
d'abord à peindre les décorateurs italiens du début du
XVIe siècle ! Et il y a dans la littérature antique une autre
critique tout aussi virulente de ce que l'on nommera un
jour la « grotesque » ; c'est le propos d'Horace au début
de son *Art poétique* : « *Si un peintre voulait joindre un cou
de cheval à une tête d'homme, ou revêtir de plumes bigarrées
des membres empruntés de toutes parts, faisant vilainement
finir en poisson ce qui, en haut, est une belle femme, mes amis,*

admis à contempler cette œuvre, sauriez-vous ne pas en rire ? »
Cependant Horace cite plus loin une idée courante à
son époque : « *Les peintres et les poètes ont toujours eu un
égal droit d'oser tout ce qu'ils voulaient.* » Ces courants de
critiques ressuscitèrent d'ailleurs rapidement parmi les
artistes ou les érudits de la Renaissance. Tandis que
Michel-Ange reprend cette seconde phrase d'Horace et
défend la grotesque au nom de la liberté du peintre,
Benvenuto Cellini la déteste et se garde bien d'en salir
ses sculptures ou ses orfèvreries.

À l'époque moderne, ceux qui se sont intéressés aux
murs de grotesques ont tenté à leur tour des définitions.
L'historien d'art André Chastel a proposé de nommer
« grottesque », avec deux « t », cet ornement pour lui
redonner sa véritable étymologie et le distinguer de
l'adjectif qui en est dérivé, mais il n'a pas été suivi. Il en
souligne les deux grands principes : négation de l'espace et fusion des espèces. S'attaquant aux plafonds
et aux surfaces marginales des murs, multipliant les
petites figures remuantes, le peintre se libère en effet
de la pesanteur. D'où l'apparition fréquente d'acro-
bates, de jongleurs, de bouffons, de personnages ailés.
Jouant sur tous les registres, il abolit les lois naturelles
et accole des êtres appartenant à des règnes différents,
créant toute une gamme d'hybrides insolites. Chastel
remarque aussi que, sous couvert d'imitation de l'antique, les peintres de grotesques inventent un style qui
est exactement l'antithèse de l'ordre classique !

*... les formes mouvantes de la nature comme les nuages
ou les tourbillons de fumée ou d'eau, ou bien les formes
aléatoires des taches, des écorces, des pierres, sont les
meilleurs stimulants de l'imagination...*

Il serait d'ailleurs quelque peu exagéré de présenter
la grotesque comme une pure invention de la fin du
xvᵉ siècle au contact de la peinture antique. Si le mot
naît à cette époque, le principe décoratif proliférant
existait déjà au Moyen Âge. Dans les marges des missels,
des psautiers, des livres d'heures, et, en général, de
nombreux manuscrits profanes, des peintres spécialisés
faisaient souvent courir des guirlandes de motifs floraux
ou animaux. Ils ajoutaient parfois à leurs arabesques
des instruments de musique, des masques, des monstres,
des diables et des *grylles*, ces êtres dont le corps n'est
composé que d'une tête et dont Jurgis Baltrusaïtis a si
bien raconté la genèse et l'histoire dans son livre *Le
Moyen Âge fantastique*. On a pu déceler dans ces figures
peintes de nombreuses allusions à la culture populaire,
aux fabliaux, aux récits carnavalesques. Ces *marginalia*
montrent souvent des hybrides entre humains et animaux ou humains et végétaux, et il est probable que ces
assemblages bizarres ont, eux aussi, une origine antique.
On n'en verra des exemples dans la peinture noble que
chez quelques rares peintres comme Bosch (vers 1453-
1516), dont les sources sont surtout les monstres du
Moyen Âge. L'influence de Bosch aurait peut-être pu
d'ailleurs jouer puisque certaines de ses œuvres étaient
connues en Italie dès 1521.

Le succès de la grotesque est tel que pendant tout
le xvɪᵉ siècle des équipes de peintres couvrent des milliers de mètres carrés de murs et de plafonds. Dès 1499,

à la cathédrale d'Orvieto, Luca Signorelli sature ses
espaces libres du soubassement de la chapelle Saint-
Brice de petits monstres plutôt inquiétants : harpies,
diables, pégases et dragons. Les chantiers gigantesques
des Loges du Vatican rassemblent à partir de 1508
autour de Raphaël des équipes de fresquistes virtuoses.
Parmi eux, Giovanni da Udine. Il dispose ses grotesques
sur tous les espaces encadrant les grandes fresques. Lui,
à l'inverse de Signorelli, affectionne les formes naturelles simples et, parmi les rinceaux, abondent oiseaux
et petits animaux sans transformation particulière. Et
puis, il y aura les fresques du palais du Té à Mantoue
(vers 1530), celles du palais Chigi-Saraceni à Sienne
(1535), celles du Palazzo Vecchio à Florence (1540),
celles du château Saint-Ange à Rome (1543) et bien
d'autres. Celles-là au moins ont subsisté. Nombre de
productions de ce siècle exubérant ont été détruites, ou
recouvertes ou remplacées par d'autres fresques moins
folles : le goût a vite changé et les grotesques ne furent
pas appréciées par tous. Curieusement la grotesque
se répand surtout en Italie centrale. Elle s'est un peu
exportée vers l'Autriche et l'Allemagne du Sud. Et en
France, les artistes italiens décorent la galerie François Ier à Fontainebleau (1540) puis, plus tard, la galerie
d'Ulysse. Réalisée sous la direction du Primatice par
Niccolo dell'Abate à partir de 1560, elle a ensuite été
détruite.

Les grotesques romaines intriguent les érudits de
l'époque. L'un d'eux, Giambattista Armenini, explique,
en 1587 : « *On pense qu'elles sont nées de ces trous ou de ces
taches que l'on rencontre sur des murs qui autrefois étaient
entièrement blancs : si on les examine avec attention, on y dis-
tingue diverses fantaisies et de nouvelles formes de choses extravagantes qui n'existent pas en soi, mais sont le fruit de notre*

esprit. » Armenini reprend là une vieille idée diffusée par Mantegna ou par Léonard de Vinci : les formes mouvantes de la nature comme les nuages ou les tourbillons de fumée ou d'eau, ou bien les formes aléatoires des taches, des écorces, des pierres, sont les meilleurs stimulants de l'imagination. Donc les grotesques modernes, imitées de l'antique, seraient des chimères, des fantaisies, des caprices, la continuité en quelque sorte des fatrasies du Moyen Âge. Daniele Barbaro, en 1567, déclare qu'elles sont *picturae somnium,* des images de rêves. Pirro Ligorio, dans son *Libro dell'Antichita,* les appelle *stravagante pitture,* peintures extravagantes, mais pense que les grotesques sont un langage caché : « … *même si elles paraissent aux ignorants n'être que de pure fantaisie, toutes étaient chargées de symboles et de choses savantes, non dénuées de mystères.* » Et d'autres iront encore plus loin en les assimilant aux hiéroglyphes d'Égypte.

Les grotesques italiennes du XVIe siècle, nées d'abord de la fantaisie des peintres, prirent donc parfois elles aussi cette forme hiéroglyphique. S'y mêlèrent emblèmes, devises, blasons, armes, signes du zodiaque et toutes sortes d'allusions au commanditaire ou propriétaire des lieux. Certaines formèrent des ensembles allégoriques aux sens parfois très énigmatiques. C'est le cas à Fontainebleau où, dans la galerie François Ier, stucs en relief, grotesques peintes ou ciselées, bas-reliefs, sculptures, moulures, médaillons, tableaux, tapisseries, se répondent, entremêlant plusieurs niveaux de lecture savante.

… Nous avons soigneusement séparé l'art de la science…

À la fin du XVIe siècle, la grotesque disparaît des murs et des plafonds. Les frères Carrache, en peignant leurs scènes mythologiques dans la galerie du palais Farnèse, à Rome, la bannissent totalement. Mais la figure va connaître une vogue extraordinaire dans l'art décoratif. Armes, cornes d'abondance, blasons, corbeilles, bouquets, trépieds, guirlandes, agrémentés d'atlantes, de gentils monstres ou de *putti*, vont désormais décorer meubles, lambris, orfèvreries, tapisseries, tissus d'ameublement, céramiques, velours, soieries, dentelles, et cela au moins jusqu'à la fin du XIXᵉ siècle. Au XVIIIᵉ, il y aura même un net retour d'une forme de grotesque dans l'art rococo avec la vogue des panneaux de bois peints à thème de singeries, de chinoiseries ou de bergeries. Des treillages, des tonnelles, des escarpolettes, des outils de jardinage, des instruments de musique, de gracieuses statues, des vases, des candélabres, s'enchaînent dans de légères architectures de feuillages. Même de grands peintres comme Watteau s'adonnèrent à ces délicats exercices décoratifs.

Évoquant les plafonds des Offices, Philippe Morel, qui a consacré en 1997 une des études les plus complètes à ce genre, rappelle qu'avant de devenir le célèbre musée moderne, la Galerie a été le cabinet de curiosités des ducs de Toscane. Les salles, aujourd'hui occupées uniquement par des tableaux, contenaient alors laboratoires d'alchimie, de parfumerie ou de mécanique, vases, médailles, armes, armures, objets historiques (comme l'épée de Charlemagne ou le casque d'Hannibal !), sphères armillaires, globes terrestres, cartes, cornes de rhinocéros, œufs d'autruche, poissons séchés, dents de narval, oiseaux empaillés, momies égyptiennes, coquillages, pépites d'or, émeraudes et autres pierres précieuses, pirogues africaines, coiffures aztèques, machines diverses et, bien entendu, tableaux de genre, portraits d'hommes et de femmes célèbres, statues et bustes antiques et modernes. Les peintres, en peignant leur plafond, n'auraient-ils pas donné une sorte de pendant en images des contenus de ces salles ? Ces collections nous paraissent aujourd'hui tout à fait hétéroclites. Nous avons soigneusement séparé l'art de la science, l'artisanat de la spéculation intellectuelle, l'objet naturel de la machine. Mais pour un homme de la Renaissance, le naturel et l'artificiel pouvaient fort bien cohabiter. Et puis, les monstres anatomiques, les habitants étranges des pays lointains, les animaux africains ou asiatiques, tout entrait dans le champ de la curiosité, de l'enquête, de la spéculation intellectuelle. Et d'ailleurs dans les peintures, il n'y a pas que des monstres hybrides ou des êtres mythologiques. Il y a aussi des animaux représentés avec beaucoup de réalisme, des instruments scientifiques, des machines, des gestes de la vie quotidienne. Ce mélange entre figures documentaires naturalistes et figures fantastiques incite Philippe Morel à s'interroger : « *Les grotesques en viendraient-elles à constituer le cabinet de curiosités du peintre, et celui-ci ferait-il simultanément office, selon l'usage de l'époque, de collectionneur et d'expérimentateur, en accumulant et en fabriquant ?* »

... sous le signe de Protée...

Ainsi la voûte 13 du corridor oriental est un grand rectangle allongé partagé en six espaces par des architectures disposées selon les diagonales. Sur les bords de la fresque, des balustrades en trompe-l'œil le long des petits côtés du rectangle, des grecques et d'autres motifs répétitifs décoratifs le long des grands côtés. Les quatre architectures pyramidales montrent des scènes dans des ovales et de petites statues dans des cartouches en trapèze. Dans des cartouches sur fond noir, des personnages mythologiques ou semi-légendaires. On peut reconnaître Mercure brandissant son caducée, Cléopâtre aux prises avec la vipère ou Lucrèce tournant l'épée vers elle. Chacune de ces architectures est soutenue par des atlantes nus, hommes d'un côté, femmes de l'autre. Sur les corniches en volutes, d'autres personnages, *putti* ou nymphes. Sur les pergolas, des lampes allumées ou éteintes. Partout, en bas et au sommet des cartouches, au milieu des deux petits côtés, des masques cornus, chevelus, emplumés, grimaçants. Au milieu des deux grands côtés, deux petits paysages. Dans les cartouches ovales situés au-dessous des personnages mythologiques, diverses opérations de laboratoire : pesée, calcination d'un minerai, teinture. Et dans la surface octogonale, au centre du plafond, l'expérience principale, la distillation d'essences florales. On voit l'homme qui apporte une gerbe de fleurs et des alambics qui se succèdent. Ces scènes narratives sont donc le reflet des activités réelles qui avaient lieu sous ces plafonds. Dans les autres espaces, des personnages en équilibre sur des tabourets posés sur des tables, des bustes de sphinges ailées, des espèces de louves ou de lionnes ailées à long cou de serpent et à tête humaine, des bustes féminins ailés issus de tiges végétales, des dragons filiformes à têtes de vieillards et ailes de papillons chevauchés par des amours équilibristes, des têtes ailées. Donc tout un monde fantastique aérien, disposé selon de strictes symétries. Et partout, des rameaux, des fleurs, des guirlandes, et même de vrais papillons et de vrais oiseaux.

Proliférations arborescentes, mouvement perpétuel, équilibres instables, métamorphoses, écoulement, inconstance de toutes choses, masques, énigmes, rébus, résurrection des dieux antiques, curiosité pour l'exo-

tique… on voit bien que là, en pleine période dite
maniériste, les thèmes annoncent ce qui va éclore une
ou deux générations plus tard dans la poésie. Cette
exploration expérimentale des limites ou des excès de
la peinture pourrait être placée sous le signe de Protée.
Le courant des grotesques se tarit assez vite. Mais il aura
une riche postérité. Avec le Bernin par exemple qui ose
montrer, non plus à l'aide de figures miniatures peintes,
mais en un imposant groupe de marbre, Apollon pour-
suivant Daphné et celle-ci saisie en pleine métamorphose végétale. Et avec tous ceux qui, après lui, poètes,
romanciers, dramaturges ou peintres décideront de
transgresser l'ordre classique pour laisser s'épancher
les rêves et les chimères.

Le texte

en perspective

Vincent Vivès

Mouvement littéraire

Le Baroque (1570 à 1640)

VOUS AVEZ DIT BAROQUE… Mais qu'entendez-vous par là? La notion de «baroque» est des plus complexes : elle évolue au fil des siècles, du XIIIe siècle à nos jours, et renvoie à de multiples réalités qui diffèrent suivant les pays et les domaines artistiques. Tentons de cerner ce qu'est le Baroque avant de nous hasarder dans le seul domaine de la poésie.

On trouve trace de l'adjectif *barroco* au XIIIe siècle dans la langue portugaise puis espagnole. Le terme caractérise un rocher ou une perle de forme **irrégulière**. L'emploi s'est maintenu dans la joaillerie. Aussi le terme est-il péjoratif à ses débuts et entre en France en tant qu'adjectif synonyme d'irrégulier, insolite, bizarre, choquant. Montaigne, dans ses *Essais* qui datent de 1588, se moque du *barroco*. Le terme est employé plus tard aux XVIIe et XVIIIe siècles pour caractériser des œuvres à l'architecture complexe, très ou trop compliquée et à l'expression ostentatoire. Le Baroque a été longtemps défini par la négative, et l'on ne saurait passer sous silence le fait qu'il a été longtemps défini en opposition au **classicisme**. Mais là encore la définition pose problème puisque le classicisme représente pour la majorité des pays européens l'idéal développé par la Renaissance (et donc antérieur au Baroque), alors qu'en France le même terme définit les œuvres françaises du siècle de Louis XIV, caractérisées par un art de la sobriété, de l'épure et de l'équilibre, postérieures à l'esthétique qui nous intéresse.

Le Baroque n'est ni un mouvement ni une École. Aucun des auteurs littéraires ou artistes (architectes, sculpteurs ou peintres) n'employait le terme ni n'aurait pu se reconnaître en lui. C'est au XIXe siècle que le Baroque est pensé comme une catégorie esthétique. C'est l'historien suisse J. Burckhard qui lui donne droit de cité dans les arts comme une entité propre :

> [Le Baroque] parle la même langue que la Renaissance, mais à la manière d'un dialecte sauvage.

Cette perspective, encore négative, voit dans le Baroque une forme décadente de l'art classique de la Renaissance italienne. À la même époque, un grand écrivain français, Théophile Gautier, publie une étude sur des poètes oubliés tels que Théophile de Viau, Tristan l'Hermite, Saint-Amant. Cette étude, qui prend pour titre *Les Grotesques*, montre les affinités qu'il y a entre les poètes baroques tombés dans l'oubli et les poètes romantiques. L'irrégularité, qui est au centre de l'esthétique baroque et que Gautier nomme grotesque, devient un signe esthétique à part entière. Le XXe siècle tente de définir les principes, la réalité multiple et les différents visages nationaux du Baroque avec plus de rigueur et en reconnaissant une autonomie à une esthétique égale en qualité aux autres mouvements de l'histoire de l'art.

Le Baroque français serait-il une exception ? Les poèmes d'Agrippa d'Aubigné présentent des traits baroques dès 1570, un peu en avance sur le mouvement italien qui donne le ton à presque toute l'Europe ; mais au moment où le Baroque prend son envol à partir de Rome et embrase l'Autriche, la Bavière, l'Espagne et le Portugal, il laisse place au classicisme en France. Celle-ci se trouve ainsi à contre-courant : les guerres de Religion qui sont très virulentes dans notre pays provoquent une crise plus violente qu'en Italie, et la politique française lors de la guerre de Trente Ans (guerre menée contre l'Espagne et l'Autriche entre autres) isole la France au moment même où celle-ci devient la plus grande puissance politique et militaire d'Europe.

1.

Le contexte historique

Le Baroque se développe après la période nommée Renaissance, où l'homme avait pris confiance en lui et en sa raison. Cependant, cette Renaissance contenait en elle-même ses propres limites. L'étendue des découvertes géographiques et scientifiques crée une insécurité de l'homme perdu devant un monde qui ne cesse de s'agrandir et de lui échapper. Le Baroque naît d'une conjonction entre une peur grandissante devant le monde, un sentiment d'instabilité politique aggravé par des famines qui sévissent, et une action volontaire de la part de l'Église romaine pour imposer sa propre vision du monde et restaurer son pouvoir.

1. *La Contre-Réforme*

L'impulsion qui donne naissance au Baroque naît à Rome, siège de la papauté, entre le pontificat de Sixte Quint (1585-1590) et celui de Paul V (1606-1625). Le pouvoir papal veut réagir contre le monde musulman qui tente de conquérir l'Europe du Sud, et la menace du protestantisme. De plus, le pouvoir de l'Église a été miné par le sac de Rome : les troupes de l'Empereur Charles Quint ont mis à mal l'autorité de Clément VII en 1527. On peut dater la naissance de cette impulsion entre les années 1570 et 1580, au moment où la Renaissance s'essouffle. Cet élan suit le concile de Trente (1545-1563) qui organise sur le plan politique et religieux la **Contre-Réforme**. Ce concile part à la reconquête du monde et précise les lois de l'Église. Celle-ci choisit pour enjeux l'éducation des chrétiens mais aussi la séduction grâce à un art qui dise la grandeur de Dieu et celle de la seule Église qui enseigne la véritable parole du Christ. L'ornement devient une arme et entre dans les stratégies de persuasion : on veut éblouir pour séduire, effrayer et ramener les âmes dans le droit chemin catholique, romain et apostolique. La Compagnie de Jésus est fondée en 1540 par Ignace de Loyola comme instrument idéologique et politique. C'est elle qui demande au grand artiste italien Michel-Ange de concevoir une nouvelle architecture pour l'église du Gesú, qui deviendra le modèle architectural baroque. Cet art se propage dans une grande partie de l'Europe : l'Espagne très catholique, le Portugal, mais aussi l'Autriche, la Bavière et les États d'Europe centrale et de l'Est (Pologne) où le catholicisme triomphe sans partage.

2. *Découvertes scientifiques et métamorphose du monde*

La découverte du Nouveau Monde pendant la Renaissance fait connaître une grande diversité de pensée, de religions, de cultures. La figure du bon sauvage de

Montaigne montre que le monde ne se résume pas à l'Occident et à ses valeurs. Copernic (1473-1543), Galilée (1564-1642) et Kepler (1571-1630) remettent en cause les certitudes scientifiques qui faisaient de la terre le centre de la création. On passe de la conception d'un univers où tout s'organise à partir de l'homme à celle d'un monde en perpétuelle mutation, sans forme définie ni limites.

Comme l'a analysé au XXᵉ siècle le philosophe Michel Foucault (*Les mots et les choses*, Tel nº 166) :

> Jusqu'à la fin du XVIᵉ siècle, la ressemblance a joué un rôle bâtisseur dans le savoir de la culture occidentale. C'est elle qui a conduit pour une grande part l'exégèse et l'interprétation des textes ; c'est elle qui a organisé le jeu des symboles, permis la connaissance des choses visibles et invisibles, guidé l'art de les représenter. Le monde s'enroulait sur lui-même : la terre répétant le ciel, les visages se mirant dans les étoiles, et l'herbe enveloppant dans ses tiges les secrets qui servaient à l'homme. La peinture imitait l'espace. Et la représentation — qu'elle fût fête ou savoir — se donnait comme répétition : théâtre de la vie ou miroir du monde, c'était là le titre de tout langage, sa manière de s'annoncer et de formuler son droit à parler.

Dans les années 1580, cette pensée n'est pas totalement déracinée, mais sérieusement mise à mal. La poésie baroque conserve les traces de cette conception de la Renaissance, mais elle les perpétue en les remettant en cause. Montaigne se méfie de cette pensée analogique où tout, dans le monde, a un sens parce qu'il porte la trace d'une similitude avec quelque chose d'autre. Sous le regard baroque, l'univers entre dans un grand vertige : l'individu ne sait plus où il est, où il tombe. Nombreux sont philosophes et artistes qui développent une nouvelle pensée selon laquelle tout n'est qu'illusion sans que l'homme puisse parvenir à capter la vérité du monde.

Cette crise des années 1570-1590 pousse l'homme à prendre conscience des limites de son savoir, ce qui se traduit par différentes attitudes : l'**intégrisme religieux** qui trouve en l'Inquisition un outil pour assurer malgré tout une vérité tenant par la force des dogmes de l'Église ; une **forme de pessimisme** qui se développe entre autres avec le mouvement janséniste, portant un regard désespéré sur la nature humaine et faisant de ce même désespoir le moyen de sauver les âmes ; le **scepticisme** qui se traduit en plusieurs positions : Montaigne annonce les libertins (du latin *libertinus* qui signifie «esclave affranchi»), terme employé par les fervents chrétiens pour dénoncer des érudits qui gardent leur liberté de conscience face aux dogmes de l'Église qu'elle seule dit avoir. La plupart sont des matérialistes, agnostiques (ils ne se prononcent pas sur l'existence de Dieu) ou athées. Certains, comme Théophile de Viau, qui mourra des suites de son incarcération pour impiété, font coïncider cette liberté avec celle des mœurs.

3. *Guerres de Religion et crise intellectuelle*

En France, le Baroque prend une teinte un peu différente de celle des autres pays d'Europe. Les guerres de Religion qui voient s'entre-tuer de 1562 à 1598 catholiques et huguenots, font du pays un chaos dévasté et peu sûr, appauvri par les sacs, les vengeances, les pillages, les sièges… L'inquiétude est grande, ainsi que la peur. Le courant esthétique se développe jusqu'à la fin de la Fronde (1648-1653), sédition de la noblesse contre Mazarin et Anne d'Autriche. Ainsi la littérature baroque française n'est pas dissociable des graves conflits qui secouent la France.

Cette crise intellectuelle touche les poètes. La mort de Ronsard sonne le glas d'une certaine forme d'optimisme lié à la pratique de la littérature. L'enthousiasme venu des Muses et d'Apollon portait le poète à s'imposer comme l'égal des plus grands, le porte-parole d'une vérité sacrée, à avoir la force de dire et de modeler le monde, à retrouver la grandeur des Lettres et de la civilisation antique pour y puiser les matériaux d'une nouvelle civilisation. Tout cela s'effondre en France avec les guerres de Religion et les guerres civiles qui font dire à Montaigne dans ses *Essais* (1588) : « *Tout croule autour de nous.* »

2.

Le Baroque et les neuf Muses

1. *De l'architecture...*

Le Baroque naît en Italie avec l'architecture avant de gagner les autres arts. La plupart des historiens de l'art et des critiques tombent d'accord pour dire qu'il faut passer par l'architecture pour comprendre la spécificité de son esthétique (sur son rapport avec la peinture, vous vous référerez avec bonheur à l'analyse d'Alain Jaubert, p. 137). L'architecture signe le triomphe de la ligne courbe, des surfaces mouvementées et mouvantes, des faux-semblants, brisures et surcharges. Ainsi la coupole est l'élément qui symbolise le mieux l'esthétique baroque : elle expose un espace ouvert représentant le ciel, mais qui pourtant est un espace fermé, clos, où toute ligne fuit dans de fausses perspectives. En 1665, lorsque Le Bernin, architecte et sculpteur, vient à Paris pour la construction du Nouveau Louvre, il apporte avec lui des projets où les façades jouent avec les courbes, où les lignes plongent, s'arrêtent et reprennent. Mais ses projets ne seront pas retenus. La France entend choisir un art moins outré et figurant, par plus de rigidité dans les lignes, l'image de stabilité que le roi impose à la France. C'est donc en Italie, en Autriche, en Espagne, que l'on rencontre ces églises aux éblouissantes ornementations, avec force marbres, ors, volutes, superpositions de matières et de lignes, d'exubérance et d'ostentation.

2. ... à la musique

L'art baroque est un art de l'effet ; il « *tend vers la puissance, l'ensemble, la force des structures, la fusion, la matière, l'ostentation ; l'image y est fonctionnelle ; il réside dans l'expressivité de la vision du monde, [...] il s'adresse à un public plus large, même populaire, qu'il s'agit d'influencer, de séduire par les sens* » (Bernard Gibert, *Le Baroque littéraire français*). Cet art de l'ornement se retrouve dans la musique qui sur certains plans, ne s'éloigne pas de l'architecture : la naissance de l'opéra en Italie puis de la tragédie lyrique en France fait entrer la musique dans un espace architectural avec utilisation de machines, dragons flottant dans les airs, cataractes d'eau se déversant devant le public... La musique baroque, que l'on situe entre 1600 et 1750, se veut une « peinture pour l'oreille », ou ce qu'on nommera madrigalisme. Monteverdi, compositeur italien à qui l'on doit sans doute les premières musiques baroques, crée le style *rappresentativo*, qui touche par le pathétique. La musique baroque est fondée sur l'ornement et sur l'affect. Elle promeut un art de la virtuosité et met en valeur les solistes à travers de nouvelles formes telles que le concerto ou l'opéra. L'impulsion vient, ici encore, de l'Italie et se propage à l'Europe. Mais cette influence sur la musique française sera contrebalancée par le pouvoir royal de Louis XIV qui met en place un genre national, la tragédie lyrique, fondé sur la diction de la langue française héritée du théâtre. La musique baroque française est plus modérée dans ses effets que celle développée dans l'opéra italien où le brillant des voix et les effets de merveilleux l'emportent.

Écouter la musique baroque

1607	Italie : *Orfeo*, Monteverdi.
1637	Allemagne : *Petits Concerts spirituels*, Henrich Schütz.
1663	France : *L'Impromptu de Versailles*, Lully et Molière.
1673	France : *Cadmus et Hermione*, Lully.
1676	France : *Atys*, Lully.
1689	Angleterre : *Didon et Énée*, Henry Purcell.
1692	Angleterre : *The Fairy Queen*, Henry Purcell.
1693	France : *Médée*, Marc-Antoine Charpentier.
1708	Italie : *La Résurrection*, Haendel.
1713	France : *Pièces pour clavecin*, François Couperin.
1714	Allemagne : *Cantates sacrées*, Jean-Sébastien Bach.
1723	Allemagne : *Magnificat*, Jean-Sébastien Bach.
1733	France : *Hippolyte et Aricie*, Rameau.
1736	Italie : *Stabat Mater*, Pergolèse.
1744	Angleterre : *Judas Maccabée*, Haendel.

3.

Question de poétique

Le Baroque littéraire s'impose dans un acte de rupture. Agrippa d'Aubigné écrit dans *Les Tragiques* une épopée de la France meurtrie, à la gloire de son parti religieux : les huguenots. Il n'est plus temps d'écrire une poésie amoureuse, comme celle de Ronsard par exemple : les haines fratricides des catholiques tentent de faire disparaître les protestants et leur hérésie (en 1572 a lieu le fameux et terrible massacre de la Saint-Barthélemy où trois mille huguenots périssent dans la seule ville de Paris). Ainsi d'Aubigné dit-il que les temps sont à une nouvelle poésie (*Les Tragiques*, « Les misères ») :

> Je n'écris plus les feux d'un amour inconnu,
> Mais par l'affliction plus sage devenu,
> J'entreprends bien plus haut, car j'apprends à ma
>   plume
> Un autre feu, auquel la France se consume.

Théophile de Viau et Saint-Amant refusent d'être les imitateurs des Anciens. On voit se formuler plus ou moins précisément des critiques envers l'art des poètes qui les précèdent. De même, dans l'art dramatique, les nouveaux auteurs s'opposent aux lamentations statiques du théâtre de la Renaissance et choisissent un style spectaculaire, avec actions et effets... C'est le temps des pièces à machines, de l'invention de la tragi-comédie dont l'exemple le plus célèbre est *Le Cid* de Corneille qui, dans la préface de *Clitandre* (1632), souhaite faire venir l'action au centre du théâtre :

> On pourra m'imputer que m'étant proposé de suivre
> la règle des Anciens (en l'occurrence, la règle de

l'unité de temps), j'ai renversé leur ordre, ou qu'au lieu des messagers qu'ils introduisent à chaque bout de champ pour raconter les choses merveilleuses qui arrivent à leur personnage, j'ai mis les accidents même sur la scène.

Mais cet art de l'effet n'est cependant pas homogène. Plusieurs tendances se dessinent dans la littérature : une esthétique proprement **baroque**, une esthétique **maniériste** et une esthétique **précieuse**. Gisèle Mathieu-Castellani, spécialiste de la littérature baroque, a montré la différence des deux premières tentations dans la littérature qui a cours entre 1570 et 1640 (la préciosité pouvant être considérée comme une forme de maniérisme liée à la pratique de la poésie dans le cadre des salons aristocratiques). Le Baroque cherche à dire une vérité et à persuader le lecteur de la vérité qu'il énonce. Le maniérisme tient beaucoup plus dans le scepticisme : l'artificiel est sa nature mais aussi son propos. Il n'y a pour lui aucune vérité du monde. On ne saurait cependant opposer ces deux tendances : l'une et l'autre peuvent se retrouver chez un même auteur et dans un même texte.

Quelles différences
entre Baroque et Maniérisme ?

Le Baroque

Avant tout, il est pour lui une nécessité : emporter l'adhésion du lecteur. Il veut : 1. convaincre ; 2. émouvoir pour persuader : ainsi il développe une esthétique du pathétique, de l'horreur, de la séduction des figures de rhétorique, des images ; 3. se montrer comme un discours de vérité ; 4. être démonstratif (il fait souvent intervenir le dialogue avec le lecteur pour mieux le captiver).

Le Maniérisme

Le Maniérisme cherche avant tout à séduire. 1. Son discours est sceptique et la parole est suspension du jugement : il n'a aucune vérité à dire car, comme le dit Montaigne : « Nous n'avons aucune communication à l'être », c'est-à-dire qu'on ne peut pas dire la vérité parce qu'il n'y a rien qui puisse certifier une quelconque vérité ; 2. Il s'énonce comme un discours sur le paraître : « Je n'enseigne point, je raconte » dit Montaigne ; 3. Puisqu'il n'y a pas de vérité ou du moins que celle-ci n'est pas accessible, le maniérisme dit et montre qu'il fait semblant : on imite, on montre la trame.

Comme l'explique Gisèle Mathieu-Castellani dans son *Anthologie de la poésie amoureuse de l'âge baroque* :

> Qu'ils soient plutôt maniéristes comme Desportes, Théophile, Tristan, élaborant une esthétique du dis-continu, se souciant peu de la crédibilité et du vraisem-blable persuasif, mais cherchant à séduire en mettant en scène d'aimables simulacres, ou plutôt baroques comme d'Aubigné ou Sponde, en quête d'unité et de continuité, toujours désireux de convaincre et d'em-porter l'adhésion d'un lecteur appelé à s'émouvoir, les uns et les autres ont à cœur d'affirmer leur diffé-rence.

La littérature baroque française fut longtemps méconnue, et tout particulièrement la poésie : les œuvres de la fin du XVIᵉ siècle furent délaissées pour celles des grands prédécesseurs, les poètes de la Pléiade (Ronsard, du Bellay) ; celles du XVIIᵉ siècle ont été reléguées derrière le théâtre qui, à la sortie de la crise liée aux guerres civiles, s'affirme avec force dans les années 1630-1639 et devient l'art par excellence de la seconde moitié de ce siècle. Cependant, la poésie baroque est riche et diversifiée tant sous sa forme épique, lyrique, religieuse qu'encomiastique. La poésie encomiastique a pour fonction première de faire l'éloge. Elle s'est tout particulièrement déployée dans l'éloge des rois et des princes. Quant au roman, il se développera plus tard avec le roman pastoral d'Honoré d'Urfé, *L'Astrée* (1607), le roman d'amour et d'aventure (ayant pour modèle *Le Grand Cyrus* et *La Clélie* de Scudéry), et le roman comique qui éclôt vers 1620 sous l'influence du roman espagnol de Cervantès, *Don Quichotte.*

4.

L'inconstance et l'illusion

À la lecture des œuvres choisies ici, vous découvrirez une grande cohérence dans les thèmes abordés par les poètes. En effet, l'univers esthétique baroque tout autant que maniériste joue sur quelques thèmes bien répertoriés. Il n'en faudrait pas voir là une pauvreté de la poésie : ces thèmes reflètent les questions fondamentales que se posent les poètes et, à travers eux, toute une société. Aussi artificielle qu'elle puisse quelquefois paraître, cette poésie est toujours inscrite dans une réflexion profonde concernant la nature du monde et de l'homme qui tente d'y retrouver sa place.

1. *Peindre le passage*

C'est sans doute l'inconstance qui est la source majeure à laquelle puisent le plus continûment les poètes. Pour Michel de Montaigne, le monde n'est qu'une vaste et mouvante mer qui toujours change de forme, qu'on ne saurait jamais définir mais seulement décrire sous ses divers visages (*Essais* III, 2) :

> La constance même n'est autre chose qu'un branle plus languissant. Je ne puis assurer mon objet. Il va trouble et chancelant, d'une ivresse naturelle. Je le prends en ce point, comme il est, en l'instant que je m'amuse à lui. Je ne peins pas l'être, je peins le passage.

Blaise Pascal retient, plus tard, cette vision d'un monde fallacieux, mais en lui opposant la certitude que l'homme doit et peut trouver en Dieu ; hors de Lui, tout n'est qu'un songe (*Pensées*, 27) :

> Mais parce que les songes sont tous différents et que l'un même se diversifie, ce qu'on y voit affecte rien moins que ce qu'on voit en veillant, à cause de la continuité qui n'est pourtant pas si continue et égale qu'elle ne change aussi, mais moins brusquement, si ce n'est rarement comme quand on voyage ; et alors on dit : « il me semble que je rêve » ; car la vie est un songe un peu moins inconstant.

On pourrait dire qu'il y a en fait deux formes d'inconstances qui se partagent le paysage baroque : **l'inconstance blanche**, acceptation heureuse de la nature changeante du monde qui apporte un renouvellement des grâces de la nature et des humaines beautés, nourrit les thèmes de la nature frivole ou volage des amoureux. Mais cette inconstance peut être aussi source de morale et fondement de l'attitude de l'honnête homme : c'est par la reconnaissance de l'inconstance de soi que l'on peut vivre en harmonie avec les autres, comme le montrent certaines maximes de La Rochefoucauld.

Mais le monde baroque, extrême jusque dans les contraires qu'il met toujours en valeur, connaît aussi une **inconstance noire** : elle peint l'inconstance du monde, son désordre, et entretient le sentiment de néant qui, dans de nombreux poèmes, est lié à une méditation sur la mort (Chassignet, *Le Mépris de la vie et Consolation contre la mort*, 1594) :

> Notre vie est semblable à la mer vagabonde,
> Où le flot suit le flot, et l'onde pousse l'onde,
> Surgissant à la fin au havre de la mort.

2. *L'illusion comme traduction de l'inconstance*

L'inconstance est maîtresse du monde, et l'on voit se développer sur des champs différents (l'amour, la politique, la psychologie, etc.) des figures allégoriques : l'image de Protée, dieu qui a la possibilité de se métamorphoser dès qu'il change d'élément, de Narcisse qui se mire lui-même et à partir de qui se déploie toute la thématique du miroir, de Circé, la magicienne… L'**illusion** est le mode par lequel l'inconstance se produit et se traduit dans le monde : « *Ce monde périssable et sa gloire frivole / Est une comédie où j'ignorais mon rôle* » dit Rotrou dans *Le Véritable Saint Genest* (1646) où un acteur jouant le rôle d'un martyr chrétien déclame un amour de Dieu qui, de fictif au début de la pièce, entre véritablement dans la vie du comédien, touché par la grâce, et le conduit au véritable martyre. L'esthétique baroque, avec ses effets ostentatoires, sa richesse, sa vitalité et ses chimères, ses élans et ses retombées en cascades, est un théâtre merveilleux qui représente le monde comme une façade vide, et dont l'éclat ne saurait masquer entièrement le gouffre qu'il recèle. L'univers baroque reste, à jamais, écartelé par la pensée qu'il n'y a pas de continuité entre le paraître et l'être.

```
┌                                    ┐

        Genre et registre

        La Rhétorique de Circé

└                                    ┘
```

LA PÉRIODE OÙ l'esthétique baroque se déploie est
très riche en poésie, tant par le nombre des poètes, leur
qualité, que par la diversité qui s'y développe. À côté
de la poésie dramatique dont nous ne traiterons pas ici
— le théâtre baroque en vers demanderait lui aussi sa
propre anthologie —, à côté de la poésie de circonstance
faite pour chanter la gloire des princes, implorer un
pardon, demander une grâce, gloser sur un dogme religieux, se perpétuent l'épopée et la lyrique amoureuse.

1.

De la diversité comme l'un des beaux-arts

1. *Variété des thèmes*

Dans un univers où Protée, dieu des métamorphoses,
règne en maître de cérémonie, la poésie elle-même est
protéiforme. Nombreux sont les poètes qui font vibrer
différentes cordes de leur lyre : l'art du contraste est si
important qu'il s'instaure à l'intérieur d'une même
œuvre, au cœur d'un recueil. Agrippa d'Aubigné chante
les amours de Diane avec autant de ferveur qu'il stig-

matise avec rage les catholiques. Théophile de Viau soupire légèrement auprès d'une grotte, crie sa détresse devant la mort d'un ami ou son propre emprisonnement, mais compose dans *Le Parnasse satirique* des poésies bien gaillardes.

Quelle différence peut-on déceler entre le discours pathétique où on lit le désespoir de l'athée devant la mort :

> Votre père est enseveli,
> Et, dans les noirs flots de l'oubli
> Où la Parque l'a fait descendre,
> Il ne sait rien de votre ennui,
> Et, ne fût-il mort qu'aujourd'hui,
> Puisqu'il n'est plus qu'os et que cendre,
> Il est aussi mort qu'Alexandre,
> Et vous touche aussi peu que lui.

et la rude gauloiserie d'une poésie aussi amusante que scandaleuse dont les points de suspension masquent les obscénités :

> Philis, tout est …tu, je meurs de la vérole,
> Elle exerce sur moi sa dernière rigueur :
> Mon v.. baisse la tête et n'a point de vigueur,
> Un ulcère puant a gâté ma parole.

C'est l'une des beautés de la poésie baroque que d'aller jusqu'à l'extrême du dicible pour évoquer l'horreur de la mort, la barbarie des guerres et des hommes, la perfection sublime de Dieu, la beauté des femmes, la jouissance et la souffrance d'amour, et jusqu'à l'érotisme le plus vigoureux.

2. *Diversité des formes*

Les formes fixes héritées du Moyen Âge n'ont pas encore disparu, et l'on rencontre encore des villanelles, des rondeaux. Le sonnet triomphe : sa structure met en valeur les effets que les poètes baroques chérissent le plus, puisqu'il est conçu en une opposition entre les quatrains (développement d'une idée abstraite) et les tercets (développement d'une autre idée, ou illustration de la première) avec un effet terminal au dernier vers (la pointe qui découvre le sens profond du poème ou dévoile un autre sens). Mais ces formes fixes sont contrebalancées par des formes ouvertes qui disent bien le mouvement et l'instabilité du discours comme ceux du monde (Théophile de Viau, « Élégie à une dame ») :

> Je ne veux point unir le fil de mon sujet,
> Diversement je laisse et reprend mon objet,
> Mon âme imaginant n'a point la patience
> De bien polir les vers et ranger la science :
> La règle me déplaît, j'écris confusément.

Comme le dit aussi Montaigne : « *Je m'égare, mais plutôt par licence que par mégarde.* » (*Essais*, III, 9). La fantaisie qui conduit les écrivains baroques est un choix. C'est par les égarements, les retours et les détours que poètes et romanciers trouvent les moyens de suivre la perpétuelle mobilité du monde, et de s'approcher au plus près d'une nature fuyante et de leur propre conscience ébranlée, de leur propre imagination fantasque et inconstante.

Le chant des hauts faits de héros s'était maintenu en France depuis le Moyen Âge jusqu'à la Renaissance. Mais l'**épopée**, propice à l'écriture d'une histoire victorieuse, et motivée pour asseoir et légitimer le pouvoir politique ne retrouve ni la vitalité ni la force symbolique des temps anciens. L'histoire et l'organisation politique sont devenues complexes et le pouvoir, religieux et monarchique, est remis en question. Le xvie siècle a plus de monstres que de héros, et Ronsard s'essouffle en composant l'épopée de la France (*La Franciade*). Au xviie siècle, le genre séduit encore les poètes, mais beaucoup moins les lecteurs, et il souffre d'une contradiction entre les règles héroïques qui sous-tendent l'imaginaire épique et la réalité qui, sous Louis XIII, rogne les ailes à l'héroïsme par l'assujettissement forcé des nobles au pouvoir royal organisant la monarchie absolue. On retiendra deux grandes œuvres fort différentes dans le genre épique. La première naît sous la plume de Guillaume du Bartas (1544-1590), poète dont la gloire éclipsa celle des dernières œuvres de Ronsard. Attaché à Henri IV, il compose, à côté de poèmes à la louange de Catherine de Médicis, une épopée scientifique et encyclopédique, qui tente de faire la somme de tout le savoir de son époque : *La Première Semaine* (1578) et *La Seconde Semaine* (1584) veulent démontrer la grandeur de Dieu à travers les merveilles de la création. *Les Tragiques* d'Agrippa d'Aubigné, poète huguenot lui aussi, chantent avec vivacité l'épopée d'un peuple révolté par les exactions du parti catholique. Charge contre les bourreaux, témoignage du martyre protestant, cette épopée est aussi une vengeance et un anathème lancés contre ceux qui, pour le poète, représentent la mauvaise foi. Mais la beauté et la violence de ces deux œuvres, dont l'une est un vaste poème cosmologique et l'autre une fresque monstrueuse, se fondent sur un sentiment de ferveur religieuse et d'engagement qui ne nourrit plus les productions ultérieures. Ces dernières, en effet, tendent à légitimer ou illustrer un événement ou une idée, mais se refusent au renouvellement du genre par leur pensée sans relief.

Notre goût de lecteur moderne nous engage plus certainement vers la poésie amoureuse, élégiaque, ou quelquefois philosophique. Et la poésie baroque est alors une fontaine inépuisable qui fait surgir en gerbes ininterrompues et renouvelées de brillants vers. Expression de l'émergence de l'individu, elle en adopte aussi la diversité de sentiment, de pensée, ses métamorphoses, ses peurs, ses doutes et ses attendrissements. Centrée sur l'amour, la **poésie lyrique** baroque chante un amour qu'elle tient en héritage mais qu'elle revitalise avec l'exubérance et l'art de l'hyperbole qui caractérise l'art baroque : l'amour devient paradoxal, précieux, hasardeux, scandaleux. Elle décline le sujet à partir de thèmes néo-pétrarquisant, ronsardisant, assaisonnant les jeux de l'amour au gros sel paillard, ou chantant les amours changeantes, illicites, nouvelles et innovantes dans ce monde lui-même motivé par l'illusion et l'inconstance. L'amour n'est pas le seul sujet, mais lui seul touche à tous les autres : de l'amour de Dieu à celui de la vie que l'on rencontre dans les méditations sur la mort. La mélancolie même dont Narcisse souffre est à lire au regard de Psyché délaissée, et dans le miroir de l'amour de soi.

2.

Figures et effets

La littérature baroque et maniériste joue de l'art de la persuasion et de l'artifice. Parcourons les figures de rhétorique qui tendent à émouvoir le lecteur, à le persuader d'une vérité ; relevons les effets stylistiques employés qui lui font penser au salut de son âme ou qui signifient que le monde n'a que la beauté et la virtuosité pour se maintenir au-dessus du néant.

1. *Dire la complexité du monde*

Tous les moyens sont bons pour porter aux yeux du lecteur une vision contrastée du monde : oppositions de registres, jeu rhétorique, oppositions lexicales…

Pascal faisait de la figure de l'**antithèse** la transcription d'une essence et non un simple jeu de mots. Pour lui, en effet, « l'antithèse est une opposition de deux vérités qui se donnent du jour l'une à l'autre ». L'antithèse pose généralement une opposition dans le dessein de mettre en valeur l'idée principale, comme c'est le cas dans ces vers de Jean de La Fontaine qui énonce la nécessité de la fable dans un monde qui n'a pas encore trouvé sa « majorité intellectuelle » (« Le Pouvoir des fables ») :

> Le monde est **vieux**, dit-on ; je le crois, cependant
> Il le faut amuser encore comme une **enfant**.

Le **balancement** est une forme particulière du parallélisme : il introduit dans un même vers une opposition sémantique contrastant avec une similitude syntaxique (Saint-Amant) :

> Non, je ne trouve point beaucoup de différence
> De prendre du tabac à vivre d'espérance,
> Car **l'un n'est que fumée**, et **l'autre n'est que vent**.

Le **paradoxe** inverse dans son idée et dans sa formulation les lois ordinaires qui régissent la logique. Il est un outil parfait pour introduire au merveilleux ou pour faire surgir une nouvelle réalité (Vincent Voiture) :

> Je meurs tous les jours en adorant Sylvie,
> Mais dans les maux dont je me sens périr,
>   Je suis si content de mourir
> Que ce plaisir me redonne la vie.

Le monde baroque vit du contraste et de l'opposition. Il peut signifier la diversité du monde, son inconstance, ainsi que son caractère hétérogène qu'aucune unité ne saurait borner. Dans la poésie mystique par exemple, où elle est l'élément stylistique le plus employé, l'**oxymore** dit l'impossibilité qu'a le langage d'englober la totalité de Dieu qui dépasse l'homme (Claude Hopil, « Vol d'esprit ») :

> Je le vois, je le vois, je le vois (ce me semble)
> Si doux et glorieux que je meurs et je tremble,
> 　　Si je meurs c'est d'amour,
> Je tremble de respect à l'adorable vue
> De mon soleil qui fait du soleil une nue,
> 　　Une nuit de son jour.

2. *Dire l'absence de mesure du monde*

L'**hyperbole** est liée à la volonté d'exaltation ostentatoire que l'on rencontre dans l'esthétique baroque. Cette figure en effet valorise de manière outrée un objet afin de le mettre en valeur (Tristan l'Hermite, « Les Cheveux blonds ») :

> Fin or, de qui le prix est sans comparaison,
> Clairs rayons d'un soleil, douce et subtile trame
> Dont la molle étendue a des ondes de flamme
> Où l'Amour mille fois a noyé ma raison…

L'**accumulation** est la figure la plus simple qui s'offre au poète pour créer une amplification et mettre ainsi en valeur les éléments de sa narration ou de sa description (Abraham de Vermeil) :

> Je chante et pleure, et veut faire et défaire,
> J'ose et je crains, et je fuis et je suis,
> J'heurte et je cède, et j'ombrage et je luis,
> J'arrête et cours, je suis pour et contre…

La figure de l'**hypotypose**, fort appréciée des poètes baroques, tend à peindre un élément d'une manière vive, jusqu'à donner au lecteur le sentiment qu'il est spectateur de ce qu'il lit. Elle est souvent introduite dans les scènes d'horreur, où elle crée les conditions propices au pathos, comme dans cette description de cadavre faite par Auvray :

> Là n'étaient que gibets, que potences sanglantes,
> Qu'horreur, qu'effroi, que sang, qu'abomination,
> Que mort, que pourriture et désolation.
> Comme s'y promenait mon âme épouvantée,
> Elle y vit une croix nouvellement plantée,
> Construite, ce semblait, de trois sortes de bois ;
> Un homme massacré pendait sur cette croix,
> Si crasseux, si sanglant, si meurtri, si difforme,
> Qu'à peine y pouvait-on discerner quelque forme,
> Car le sang que versait son corps en mille lieux
> Déshonorait son front, et sa bouche et ses yeux ;
> Toute sa face était de crachats enlaidie,
> Sa chair en mille endroits était toute meurtrie,
> Sa croix de toutes parts pissait les flots de sang,
> Ses pieds, ses mains, son chef, et sa bouche et son flanc,
> En jetaient des ruisseaux, les cruelles tortures
> Lui avaient tout démis les os de ses jointures,
> Sa peau sanglante était cousue avec ses os,
> Et son ventre attaché aux vertèbres du dos
> Sans entrailles semblait, une épine cruelle
> Fichait ses aiguillons jusque dans sa cervelle,
> Dont les sanglots bouillons à mesure séchés
> Coulaient...

L'hypotypose joue souvent dans les scènes de violence qui, tout particulièrement dans le dernier tiers du XVIe siècle, devient paroxystique. Celle-ci est en effet à comprendre comme réaction contre la barbarie des guerres de Religion. Ainsi du thème de l'anthropophagie qui nourrit l'imaginaire littéraire du premier Baroque

français : on ne peut comprendre sa véritable impor-
tance que si l'on se replace dans le contexte religieux
où l'on débat du statut d'un sacrement, la communion.
Les catholiques croient en la transsubstantiation (l'hostie et le vin se changent en corps et sang du Christ), les
luthériens, majoritairement protestants d'Allemagne, à
la consubstantiation (la présence du Christ ne fait pas
disparaître les substances naturelles du pain et du vin),
les calvinistes refusent l'une et l'autre.

3. *Dire le sens du monde*

La conscience baroque ne sait où elle se trouve ni
à quoi se raccrocher — si ce n'est à Dieu, chez les
croyants. Aussi la poésie met en scène cette noyade où
l'homme, en quête de certitude, tantôt surnage, tantôt
s'enfonce. Les poètes baroques ont mené à son point le
plus élevé les jeux sur le sens ou les sens, qui apparais-
sent, disparaissent, fuient. Tel Protée qui se métamorphose sans cesse, tel Triton qui agace et fuit dans les
eaux, le sens ne cesse de se mouvoir. Est-on certain de
ce qui se dit ? Ne doit-on pas y lire une allégorie ? La
poésie baroque est pleine d'équivoques, de jeux de mots,
de doubles ententes. Mais elle offre aussi à l'homme la
possibilité de jouir de ses propres facultés : la pointe
le pique de rechercher un sens caché. Au-delà des plaisirs précieux que l'on rencontre dans les salons et dont
l'art n'est qu'une « pointe » du Baroque, le *concetto* est
l'arme d'une conscience qui tente de combattre la fuite
du sens en rendant son intelligence aussi mobile, rapide,
changeante que ce dernier.

La **périphrase** joue sur plusieurs plans : elle est une
amplification puisqu'elle traduit par une expression un
seul mot ; elle participe souvent de l'hyperbole, car on

l'emploie souvent pour louer l'objet dont on parle ; elle propose souvent un jeu de mots ou une énigme, comme dans l'exemple qui suit, où l'on ne comprend pas nécessairement à la première lecture le sujet des vers... (Théophile de Viau, « La Maison de Sylvie ») :

> Quand le ciel lassé d'endurer
> Les insolences de Borée
> L'a contraint de se retirer
> Loin de la campagne azurée,
> Que les Zéphyres rappelés
> Des ruisseaux à demi gelés
> Ont rompu les écorces dures,
> Et d'un souffle vif et serein
> Du céleste palais d'airain
> Ont chassé toutes les ordures

Vous avez bien sûr trouvé qu'il s'agit du printemps !

La **métaphore**, aussi complexe que fréquemment utilisée, crée une polysémie à partir d'une opposition ou d'une inadéquation entre un mot et son contexte. La poésie baroque joue à merveille de cette figure et lui donne souvent une place importante dans les poèmes en en redoublant l'effet. Ainsi avons-nous dans l'exemple suivant ce que l'on appelle une métaphore filée : à partir de l'équation posée entre « vie » et « enfer », l'existence du poète est signifiée à partir d'éléments qui appartiennent au second terme (Flaminio de Birague, *Premières Œuvres poétiques*) :

> Ma vie est un Enfer plein d'ennui et de peines.
> Mes tourments outrageux sont les fouets punisseurs,
> Et mes soucis mordants les serpents meurtrisseurs
> Qui bourrellent mon cœur de cent morts inhumaines.

L'**allégorie** construit une image qui doit être décryptée comme signifiant autre chose que son sens premier, mais sans qu'aucun signe particulier ne vienne préciser l'opération qui doit être menée. Elle est, par excellence, une figure ambiguë, qui met en jeu l'interprétation du ou des sens : ainsi de cette fleur de Chassignet que l'on peut comprendre comme une simple fleur ou que l'on peut saisir comme allégorie de l'homme :

> À beaucoup de danger est sujette une fleur,
> Ou l'on la foule au pied ou les vents la ternissent,
> Les rayons du soleil la brûlent et rôtissent,
> La bête la dévore, et s'effeuille en verdeur.

La **personnification** tend à concrétiser, sous forme humaine, une abstraction ou un être inanimé (Jacques Davy Du Perron) :

> Je veux bâtir un temple à l'Inconstance

Les jeux du sens qui se cache ou se dévoile se font aussi par les **références intertextuelles**. Non seulement la Bible constitue une référence incontournable et donne des clés, mais aussi des poèmes italiens comme ceux du Cavalier Marin dont nombre de poètes français s'inspirent et avec lequel ils tentent de rivaliser en préciosité et agilité d'esprit.

Voici un exemple de **virtuosité** développée par Étienne Durand (1586-1618) qui mourut roué pour avoir comploté contre le roi. Ce sonnet peut se lire normalement ou, suivant le découpage en colonne, comme trois sonnets qui ont individuellement un sens cohérent.

Ô Amour	Ô penser	ô désir pleins de flamme,
Une dame	un objet	un brasier que je sens
Me blesse	me nourrit	conduit mes jeunes ans
À la mort	aux douleurs	au profond d'une lame.

Ô Amour	Ô penser	courez tôt à ma dame,
Adressez	racontez	montrez comme présents
À son cœur	à son âme	à ses yeux tout-puissants
Mes passions,	mes maux,	les douleurs de mon âme.
Poussez	faites voir	forcez sa résistance,
Sa beauté	sa rigueur	et sa fière constance
À plaindre	à soupirer	à reconnaître mieux
Les douleurs	les ennuis	les extrêmes supplices,
Que j'ai	que je nourris	que je tiens pour délices
En aimant,	en pensant,	en désirant ses yeux.

C'est dans la **pointe** ou *concetto* que se trouve sans doute le point culminant de l'esthétique baroque, que l'on trouve en France comme à l'étranger, où cet art prend les noms de « concettisme » ou « marinisme » (Italie), « gongorisme » (Espagne), « euphuisme » (Angleterre). Cet art du mot d'esprit, fondé sur l'agilité, le paradoxe, la surprise, l'ingéniosité, donne lieu à une grande virtuosité qui, dans ses excès, sera brocardée par Molière dans *Les Précieuses Ridicules*. L'un des plus célèbres *concetti* fut en son temps celui que Théophile de Viau écrit dans son poème dramatique *Pyrame et Thisbé* (1621) :

Ah ! voici le poignard qui du sang de son maître
S'est souillé lâchement. Il en rougit, le traître.

Voiture joue dans l'exemple suivant de la structure du rondeau : la forme fixe demande que le début du premier vers soit repris en guise de refrain. Voiture, par jeu, transforme le sens de l'élément repris : d'une question, on passe à une certitude, d'un discours chaste, à un propos grivois…

> Ou vous savez tromper bien finement,
> Ou vous m'aimez assez fidèlement :
> Lequel des deux, je ne saurais dire,
> Mais cependant je pleure et je soupire,
> Et ne reçois aucun soulagement…
>
> Je n'attends pas tout le contentement
> Qu'on peut donner aux peines d'un amant,
> Et qui pourrait me tirer de martyre :
> À si grand bien mon courage n'aspire.
> Mais laissez-moi vous toucher seulement
>   Où vous savez.

Si les figures de style vous intéressent…

Denis BERTRAND, *Parler pour convaincre*, « Le Forum », Gallimard Éducation, 1999.

Bernard DUPRIEZ, *Gradus*, 10/18, 1984.

Pierre FONTANIER, *Les figures du discours*, « Champs », Flammarion, 1993.

Georges MOLINIÉ, *Dictionnaire de rhétorique*, Le livre de poche, 1997.

Henri MORIER, *Dictionnaire de poétique et de rhétorique*, PUF, 1998.

L'écrivain
à sa table de travail
L'Europe baroque

L'ESTHÉTIQUE BAROQUE se déploie dans tous les arts ainsi que dans tous les pays où, à travers la suprématie culturelle et politique du pouvoir papal, l'influence italienne se fait sentir.

1.

La *maniera* italienne

La *maniera* (le « style ») se développe au XVIe siècle en Italie, en réaction à la littérature en vogue depuis le XIIIe siècle. Il s'agit de renouveler l'écriture par un travail formel plus accusé et de trouver un équivalent stylistique, et brillant, de la singularité et de la perfection de Dieu. Le « maniérisme » italien (1520-1580), dont Giambattista Marino (surnommé le Cavalier Marin lors de sa venue en France) est l'héritier, le continuateur et le promoteur sur le plan européen, se fonde sur la sophistication du travail littéraire et le *concetto*. Son œuvre séduit l'Europe et tout particulièrement la France : les salons « précieux » et les esprits tels que Vincent Voiture y puisent matière à briller. L'un des poèmes les plus célèbres du Cavalier Marin inspire nombre de poètes français (Tristan l'Hermite, Claude de Malleville, Georges de Scudéry…) et leur permet d'entrer en lisse dans la carrière des Lettres avec leur esprit (Giambattista Marino, dit le Cavalier Marin, 1569-1625) :

> Belle esclave
>
> Oui tu es noire, mais que tu es belle, ô toi dont la
>   nature a fait
> Entre toutes les belles un prodige d'amour plein de
>   charme ;
> Sombre est l'aurore à côté de toi, vaincus et obscurcis
> Par ton ébène sont l'ivoire et la pourpre.
>
> Quand donc, où donc, nos ancêtres ou nous-mêmes
> Avons-nous jamais vu si vive, senti si pure,
> Une lumière jaillir d'une encre ténébreuse
> Ou d'un charbon éteint s'embraser le feu ?
>
> Esclave de celle qui est mon esclave, voici que mon
>   cœur
> Est enserré d'un brun lacet
> Qu'une main blanche ne dénouera jamais.
>
> Là où tu es le plus ardent, ô Soleil, pour ta seule honte
> Un soleil est né, un soleil qui en son beau visage
> Porte la nuit et en ses yeux le jour. »

2.

Le siècle d'or espagnol

1. *Les grands d'Espagne*

Pays puissant connaissant son siècle d'or, l'Espagne est riche aussi par ses écrivains dont les plus importants de l'époque se rattachent à l'esthétique baroque. Miguel de Cervantès (1547-1616) commence la rédaction de *La Galatée* alors qu'il est prisonnier à Alger. Envoyé avec des esclaves à Constantinople, il est racheté par des religieux et rentre en Espagne. Chargé de trouver l'argent pour armer l'Invincible armada, il est accusé de vol, excommunié et emprisonné. Il consacre les quinze dernières années de sa vie à l'écriture. C'est en 1607 que vient la gloire avec *Don Quichotte*. Loin de conserver l'épopée qui magnifiait la nature humaine, Cervantès s'inscrit dans un genre national nouveau, le roman picaresque, qui est une dégradation carnavalesque de l'épopée. Le pessimisme qui suit la Renaissance et ses rêves de belle humanité perfectible s'engouffre dans une ironique critique de l'héroïsme. Don Quichotte devient fou à force de lire des romans de chevalerie : l'illusion dont il s'est nourri devient pour lui réalité et le pauvre héros commence alors une quête risible. L'extrême popularité de ce roman se fera sentir en France dans les romans comiques où s'illustreront Scarron et Sorel.

Au début du roman, le narrateur nous apprend que le héros s'acharne tellement à la lecture des romans de chevalerie qu'il en perd l'esprit et qu'ayant perdu le contact avec la réalité, il décide de partir dans le monde en chevalier errant (trad. César Oudin, revue par Jean Cassou, Folio classique n° 1900) :

> Il faut donc savoir que le temps que notre susdit gentilhomme était oisif (qui était la plupart de l'année), il s'adonnait à lire des livres de chevalerie avec tant d'affection et de goût qu'il oublia quasi entièrement l'exercice de la chasse et même l'administration de ses biens, et passa si avant sa curiosité et folie en cela qu'il vendit plusieurs minots de terre de froment pour acheter des livres de chevalerie, et ainsi en porta à la

maison autant qu'il en put trouver ; mais, d'entre nous, pas un ne lui semblait si beau que ceux que composa le fameux Félician de Silva, parce que la clarté de leur prose et leurs raisons embrouillées étaient perles à ses yeux, et plus encore quand il venait à lire ces belles paroles d'amour et cartels de défi, là où en plusieurs endroits il trouvait écrit : *La raison de la déraison qui se fait à ma raison de telle sorte affaiblit ma raison qu'avec raison je me plains de votre beauté […].* Avec ces belles raisons, le pauvre chevalier perdait le jugement, et se travaillait pour les entendre et en arracher le sens des entrailles, lequel n'eût pu tirer ni entendre Aristote même, s'il fût ressuscité à ce seul effet.

L'Espagne s'enorgueillit à bon droit de quatre autres auteurs baroques : Góngora (1561-1627), Tirso de Molina (1581-1648), Lope de Vega (1563-1635), et Pedro Calderón (1600-1681). Le premier, dont l'influence se fait sentir sur une grande partie de l'Europe, compose exclusivement de la poésie : il tente de renouveler les genres traditionnels espagnols. Ordonné prêtre à cinquante-six ans, **Góngora** vit à la cour de Philippe III, se consacrant uniquement à l'écriture. Ses poèmes connaissent un grand succès : énigmes, traits, pointes, métaphores hyperboliques et compliquées, artifices extrêmes, allégories, périphrases précieuses… Cet art, qu'on nomme « gongorisme », rencontre pourtant également une grande résistance. Au faîte de sa gloire, Góngora, blessé par la critique virulente dont son œuvre est la cible, renonce à écrire. Son écriture, par son hermétisme, son raffinement et ses jeux de mots, invente une poésie qui prend pour sujet l'écriture elle-même.

Tirso de Molina, ayant pris parti contre le gongorisme, est un homme d'église qui prêcha à Saint-Domingue. Son œuvre est multiple, incluant des nouvelles, des drames profanes mais aussi des pièces sur des sujets bibliques. Mais ce sont les comédies d'intrigues qui lui apportent les suffrages du public. Ces pièces de cape et d'épée, où l'irréel règne en maître absolu, sont traitées comme des épisodes fantastiques de romans d'aventure.

L'œuvre de **Lope de Vega** semble tout aussi riche que sa vie. Après avoir reçu une bonne éducation dans un collège de jésuites, il montre rapidement un anticonformisme dans tout ce qu'il entreprend. Il est exilé huit ans pour avoir composé une satire contre une comédienne, son ex-maîtresse. Après avoir partagé la vie de nombreuses femmes, il reçoit les ordres en 1614 à Tolède, ce qui ne l'empêche pas de vivre à nouveau avec deux comédiennes. Son œuvre allie le libertinage au plus profond mysticisme et touche à tous les genres. C'est cependant par le drame que l'écrivain s'impose. Il écrit un nombre incalculable de pièces, très souvent publiées anonymement, et propose dans son *Arte' nuevo de hacer comedias* (1609) la formule définitive de la tragicomédie.

Pedro Calderón, né dans une famille aristocratique, se consacre, parallèlement à sa fonction de chapelain, au théâtre. Il compose quelque deux cents pièces : œuvres dramatiques allégoriques, comédies, pièces lyriques avec chorégraphie. Son univers est celui de la quête de l'identité entre les jeux de la réalité et de l'illusion. Son style, empreint de gongorisme, est brillant, alliant performance littéraire et réflexions théologiques qui transparaissent à travers les propos des personnages et des situations. *La Vie est un songe,* œuvre majeure que l'on trouve encore aujourd'hui au répertoire, tisse ainsi une double réflexion sur la morale et l'illusion, avec cette chute qui dit que « *même en songe* […] *ce n'est jamais en vain que l'on pratique le bien* ».

2. *Les influences sur le Portugal*

L'histoire fait naître le Baroque portugais sous l'influence directe de l'Espagne. En effet, le jeune roi Sébastien disparaît dans la bataille d'Alcazarquivir au Maroc et Philippe II, son oncle, réunit la couronne portugaise à celle de l'Espagne : le Portugal restera pendant soixante années sous la dépendance de l'Espagne. Ce traumatisme se lit dans la littérature qui ne tarde pas à exalter l'autonomie qui revient en 1640. Antonio Vieira (1608-1697), père jésuite qui prend la défense des Indiens du Brésil et entre dans la diplomatie au service du nouveau roi du Portugal, Jean IV, signe avec ses sermons la plus puissante œuvre baroque de son pays.

3.

La Pologne, entre influence italienne et recherche identitaire

Agitée par de nombreuses guerres contre la Moscovie et la Suède, la Pologne connaît une mutation dans le dernier tiers du XVIᵉ siècle : l'équilibre économique et politique acquis grâce à la Diète atteint sa limite. La Pologne se renferme sur elle-même, se pensant le rempart de l'Europe contre les Turcs qui sont à ses frontières et la religion orthodoxe. La littérature baroque polonaise se traduit par un retour des figures christiques et mariales qui à la Renaissance ne faisaient plus partie que des littératures mineures. Deux courants principaux caractérisent la littérature polonaise de l'époque : une littérature de cour, raffinée, subissant l'influence italienne du *concetto* et proposant un style dit « macaronique », art subtil qui fait alterner vers en polonais et en latin ; une littérature nommée « baroque sarmate » que l'on doit à la petite noblesse tentant de créer une littérature plus polonaise, et dont Czeslaw Milosz nomme les principaux poètes dans son *Histoire de la littérature polonaise.*

4.

L'Allemagne, pays de la mélancolie

L'expression baroque dans les pays de langue allemande est sans doute plus sombre et plus homogène — mais moins diversifiée — que dans les autres pays : le poids de la Réforme et l'influence politique de cette dernière engagent une vision apocalyptique. L'angoisse et la mélancolie y règnent d'autant plus que l'art plus léger de la pointe ne s'acclimate pas, sans doute par absence d'une société de cour. On peut citer parmi les écrivains les plus représentatifs le romancier Grimmelshausen ainsi que le poète et dramaturge Andreas Gryphius.

Dans *Eisamkeit* (« Solitude »), ce poète propose une vision chaotique du monde (trad. Marc Petit, Pléiade) :

> Dans le plus que désert de cette solitude,
> Couché dans l'herbe vague, près de la mer moussue,
> Je contemple ce val et ces hauteurs de rocs
> Où nichent les hiboux et les oiseaux sans voix.
>
> Ici, loin des palais, loin des jeux de la foule,
> Je songe : comme l'homme en buée se dissipe,
> Comme sur l'inconstant notre espoir est bâti,
> Comme tôt nous saluent ceux qui tard nous insultent.

> L'antre, la forêt rauque, le crâne mort, la pierre
> Que dévore le temps, les ossements rongés,
> Projettent dans l'esprit d'innombrables pensées.
>
> Les vieux gravats des murs et cette terre vaine
> Sont féconde beauté pour moi qui ai saisi
> Que tout, sans un esprit que Dieu maintient, vacille.

5.

De brillantes exceptions en Angleterre

L'expression du Baroque est très modérée en Angleterre. L'avènement et le règne d'Elisabeth stabilisent le pays qui ne connaît pas les guerres de Religion qui épuisent la France. L'influence de l'Italie et du pouvoir papal est elle-même contrebalancée par l'autorité de la reine. Reste cependant que, par certains aspects, quelques œuvres majeures sont teintées de baroque : celle de John Donne (1572-1631) notamment, qui n'eut pas de charge à cause de son appartenance au catholicisme. Converti à l'anglicanisme à quarante-cinq ans, il devient prêtre et commence alors une brillante carrière de prédicateur. Les idées développées dans sa poésie sont proches de celles de Sponde. Son œuvre, tournée vers la poésie, se fonde sur un art du paradoxe extrême auquel il joint une ingéniosité qui, comme dans la scolastique (les enseignements philosophiques et théologiques dispensés à l'université), se présente comme un moyen de séduction. Donne développe une pensée qui s'oppose à l'humanisme : elle est entièrement tournée vers les ténèbres humaines que seuls les rayons de Dieu peuvent percer en éblouissant l'homme. Ainsi marque-t-il une opposition constante entre l'homme et son Créateur, justifiant que l'autodestruction du premier est le moyen de trouver le second, comme dans cette cinquième pièce des *Sonnets sacrés* (trad. J. Fuzier et Y. Denis, Poésie Gallimard) :

> Je suis un petit monde, ingénieux ouvrage
> D'éléments et d'esprit angélique construit ;
> Mais le noir péché voue à l'éternelle nuit
> Ce monde et ses deux parts que la mort tient en gage.
>
> Oh, vous qui par-delà les célestes parages
> Vîtes des globes neufs, qui savez neuf pays,
> Versez de neuves mers en mes yeux, et qu'ainsi
> Mes larmes de mon être assurent le naufrage,
>
> Ou le lavent, s'il ne doit plus être noyé !
> Las ! il requiert le feu. Et jusqu'ici les flammes
> De luxure et d'envie encore plus l'ont souillé.
>
> Oh, Seigneur, éteins-les ! et fasse que mon âme
> Pour toi et ta maison brûle dorénavant
> D'un zèle dont le feu guérit en dévorant.

Baroque est aussi l'œuvre de William Shakespeare (1564-1616), dont le théâtre offre les jeux d'illusion, de surabondance de vie et de traits, d'oppositions massives qui constituent l'esthétique baroque. Ainsi des métamorphoses et de la mise en abyme du monde que l'on rencontre chez lui dans *Le Songe d'une nuit d'été*, l'intrusion de la magie dans le réel ou encore de l'illusion de la vie et de la mort dans *Roméo et Juliette*.

Retenons la méditation métaphysique que le jeune Hamlet déclame en fixant un crâne (trad. François-Victor Hugo, GF) :

> Être ou ne pas être, c'est là la question
> Y a-t-il plus de noblesse d'âme à subir
> La fronde et les flèches de la fortune outrageante,
> Ou bien à s'armer contre une mer de douleur
> Et à l'arrêter par une révolte ? Mourir… dormir,
> Rien de plus ; et dire que par ce sommeil nous mettons fin

Aux maux du cœur et aux mille tortures naturelles
Qui sont le legs de la chair : c'est là un dénouement
Qu'on doit souhaiter avec ferveur. Mourir… dormir !
Dormir, peut-être rêver ! Oui, là est l'embarras,
Car quels rêves peut-il nous venir dans ce sommeil de la mort,
Quand nous sommes débarrassés de l'étreinte de cette vie ?

(acte III, scène 1, 1601)

On retrouve dans les *Sonnets* de ce même auteur l'art subtil qui traduit la complexité de la vie amoureuse (trad. Pierre Jean Jouve, Poésie Gallimard) :

Sonnet XL[1]

Prends-moi tous mes amours, mon amour, prends-les tous !
Alors qu'as-tu de plus que tu n'avais avant ?
Par amour, mon amour, que tu ne puisses dire vrai amour :
Tout de moi était bien avant ce surplus.

Et si pour mon amour tu reçois mon amour,
Je ne puis te blâmer d'user de mon amour ;
Mais sois blâmé si tu me trompes moi toi-même
Par goût capricieux que tu refuses toi-même.

Je te pardonne ton larcin, gentil voleur,
Quoique tu te voles de toute ma pauvreté ;
Et cependant l'amour sait qu'il est pire peine à supporter chagrin d'amour qu'à connaître injure de haine.

Grâce lascive ! en qui tout mal apparaît beau,
Tue-moi de tes dédains, nous ne sommes rivaux.

---

1. La traduction ne tient pas compte de la versification originale.

Bibliographie critique

Claude Gilbert DUBOIS, *Le Baroque en France et en Europe*, PUF, 1995.

Benito PELEGRIN, *Figurations de l'infini, l'âge baroque européen*, Seuil, 2000.

Didier SOUILLER, *La littérature baroque en Europe*, PUF, 1988.

Deux pièces étrangères

CALDERON, *La vie est un songe,* traduction de Lucien Dupuis, Folio théâtre n° 36.

SHAKESPEARE, *Le Songe d'une nuit d'été,* traduction de Jean-Michel Desprats, Folio théâtre n° 81.

Groupement de textes

L'illusion
ou les métamorphoses
de l'inconstance

LE MONDE EST UN THÉÂTRE : rien n'y est comme
il y paraît. Cet axiome baroque sous-tend que l'homme
est sans cesse le fruit de son imagination mais aussi de
la nature environnante qui n'arrête pas de changer. La
pensée d'Héraclite, philosophe grec, selon laquelle on
ne se baigne jamais deux fois dans le même fleuve,
devient un lieu commun. L'eau est l'une des figures
majeures de cette nature en perpétuelle mutation, à
l'image de l'onde qui renvoie, dans les bassins, un reflet
infidèle. C'est encore l'eau qui, dans les fontaines, sort
de sa torpeur pour se projeter dans le ciel et retomber
en fine pluie. L'eau dans laquelle le ciel se mire et dans
laquelle l'homme voit que tout n'est que semblant,
nature artificielle. La nature qui entoure l'homme et la
nature de l'homme sont à la fois inconsistantes et
inconstantes. Tout se meut, tout se meurt. Rien ne reste
à sa place. Les contours entre les choses ne sont que
des leurres, aussi l'homme n'est-il jamais certain de
se reconnaître lui-même, de même qu'il trouve en la
nature bien des éléments qui le rappellent à sa propre
image. Il est toujours l'acteur d'un rôle qu'il ne maîtrise pas, sur une scène dont il ne connaît ni l'étendue ni les coulisses. Comme l'indique Gérard Genette

(*Figures I*) : « *Le monde baroque est une scène où l'homme joue sans le savoir, devant des spectateurs invisibles, une comédie dont il ne connaît pas l'auteur, et dont le sens lui échappe.* »

Michel de MONTAIGNE (1533-1592)

Les Essais (entre 1580 et 1588)
(Folio classique n° 290)

Les Essais *représentent le travail qu'un homme fait sur lui-même grâce à ses facultés naturelles :* « *Je suis moi-même la matière de mon livre.* » À la fois autoportrait, journal intime *et méditations philosophiques, ces* Essais *veulent faire participer le lecteur à l'expérience d'une vie, d'en montrer les hésitations, les doutes, les progrès. La pensée n'est plus régie et contrainte par la certitude dogmatique contre laquelle l'Humanisme se révolte : elle s'émancipe de la rhétorique et des sujets scolastiques pour vaguer au gré des lectures, des découvertes, des rencontres. Sous une forme libre et un discours simple, Michel de Montaigne crée à la fois un document exceptionnel sur son temps et une œuvre d'une conception tout à fait nouvelle. Mettant l'homme au cœur de la pensée, il introduit l'individu dans la conscience occidentale.*

Il n'est rien sujet à plus continuelle agitation que les lois. Depuis que je suis né, j'ai vu trois et quatre fois rechanger celles des Anglais, nos voisins, non seulement en sujet politique, qui est celui qu'on veut dispenser de constance, mais au plus important sujet qui puisse être, à savoir de la religion... Et chez nous ici, j'ai vu de telles choses, qui nous étaient capitales[1], devenir légitimes, et nous, qui en tenons d'autres, sommes à même, selon l'incertitude de la fortune guerrière, d'être un jour criminels de lèse-majesté humaine et divine, notre justice tombant à la merci de l'injustice et en l'espace de peu d'années de posses-

---

1. Qui méritaient la peine capitale.

sion, prenant une essence contraire […] Que nous
dira donc en cette nécessité la philosophie ? Que
nous suivions les lois de notre pays ? c'est-à-dire cette
mer flottante des opinions d'un peuple ou d'un
prince qui me peindront la justice d'autant de couleurs et la réformeront en autant de visages qu'il y
aura en eux de changement de passions ? Je ne puis
avoir le jugement si flexible. Quelle bonté est-ce, que
je voyais hier en crédit et demain plus, et que le trajet
d'une rivière fait crime ?

Quelle vérité que ces montagnes bornent, qui est men-
songe au monde qui se tient au-delà ? […] Il est
croyable qu'il y a des lois naturelles, comme il se voit
dans les autres créatures ; mais en nous elles sont per-
dues, cette belle raison humaine s'ingérant partout de
maîtriser et commander, brouillant et confondant le
visage des choses selon sa vanité et inconstance.

(II, 12, Apologie)

Honoré d'URFÉ (1567-1625)
L'Astrée (1607-1624)
(Folio classique n° 1523)

*Homme d'action qui fut longtemps un opposant au pouvoir
royal, Honoré d'Urfé signe, de 1607, date du premier Livre de
son roman* L'Astrée, *à 1624, date de parution du quatrième
Livre, un roman précieux, galant, qui connut la plus grande
renommée. Ce roman pastoral (les personnages stylisés sont
des bergers et bergères) se passe dans des temps antiques. Céla-
don aime Astrée mais ne peut l'épouser : leurs familles sont
ennemies. À partir de ce simple canevas, d'Urfé va broder de
nombreuses intrigues amoureuses avec pour thème principal
l'inconstance des cœurs ou l'illusion de cette dernière. Plus de
quarante histoires se tissent autour des deux amants, qui
ravissent les lecteurs du XVII*e* siècle, avec intrigues, coups de
théâtre, enlèvements, travestissements, dialogues amoureux et
méditations sur l'amour et ses pièges…*

Après s'y être assise, et que sans mot dire elle eut long-temps tenu l'œil sur le courant de la rivière, sans faire autre action qui donnât connaissance de vie que celle de respirer : «Ainsi, dit-elle, vont courant dans le sein de l'oubli toutes les choses mortelles!» Et là s'étant tue quelque temps, après elle reprenait ainsi : «Ô que celui-là était bien véritable, qui disait que jamais une même personne ne passa deux fois sur une même rivière, puisque non seulement depuis que je suis sur ce rivage, l'eau que je vois couler n'est pas la même qui coulait quand j'y suis arrivé, mais hélas! ni moi-même je ne suis pas la même Diane que j'étais quand je suis venue ici. Le temps, par une puissance à laquelle rien ne peut résister, va poussant et chassant toutes choses devant lui; et le soleil même qui est celui qui mesure le temps, suivant le branle universel de tout ce qui est en l'univers, est chassé par le temps, et n'est plus au même point auquel il était quand j'ai commencé de parler. Et qu'est-ce donc, ô Diane, continuait-elle, en relevant un peu la voix, qu'est-ce donc, puisque tout change et rechange, qui te semble tant extraor-dinaire en une chose tant ordinaire? Si c'est une loi générale en tout ce que la Nature a produit, n'es-tu pas injuste de la trouver mauvaise en une personne particulière? Tu es bien déraisonnable de l'observer toi-même, et ne vouloir qu'un autre en fasse autant.»

(Livre quatre)

François de LA ROCHEFOUCAULD
(1613-1680)

Maximes (1664)
(Folio classique n° 728)

Grand seigneur issu d'une des plus illustres familles de France, François de La Rochefoucauld connaît quelques désillusions dans la carrière politique et militaire. C'est la car-rière des Lettres qui lui apporte la consécration. Ses Maximes *nous font entrer dans l'univers héroïque : celui de la grande noblesse qui tend à soutenir les valeur héritées de la féodalité mais qui disparaissent avec la répression de la Fronde. Cet héroïsme désormais impossible se transforme sous la plume du moraliste en une désillusion fière et austère qui motive une nouvelle éthique personnelle. Les* Maximes *forment un recueil de remarques portées sur la morale et la psychologie de l'homme en société. Au centre de son questionnement se trouve l'amour-propre, dont l'homme est souvent la dupe mais avec lequel toute âme élevée doit composer. Dans cette comédie des senti-ments et cette tragédie des passions qu'est la vie, La Roche-foucauld tente de construire une voie fondée sur la lucidité envers le monde et soi-même, où le désabusement est contreba-lancé par l'activité critique.*

Nos vertus ne sont, le plus souvent, que des vices déguisés.

1. Ce que nous prenons pour des vertus n'est souvent qu'un assemblage de diverses actions et de divers intérêts, que la fortune ou notre industrie savent arranger ; et ce n'est pas toujours par valeur et par chasteté que les hommes sont vaillants, et que les femmes sont chastes.

2. L'amour-propre est le plus grand de tous les flat-teurs.

3. Quelque découverte que l'on ait faite dans le pays de l'amour-propre, il y reste encore bien des terres inconnues.

4. L'amour-propre est le plus habile que le plus habile homme du monde.

5. La durée de nos passions ne dépend pas plus de nous que la durée de notre vie.

6. La passion fait souvent un fou du plus habile homme, et rend souvent les plus sots habiles.

Maxime supprimée :
L'amour-propre est l'amour de soi-même, et de toutes

choses pour soi ; il rend les hommes idolâtres d'eux-mêmes, et les rendrait les tyrans des autres si la fortune leur en donnait les moyens ; il ne se repose jamais hors de soi, et ne s'arrête dans les sujets étrangers que comme les abeilles sur les fleurs, pour en tirer ce qui lui est propre. Rien n'est si impétueux que ses désirs, rien de si caché que ses desseins, rien de si habile que ses conduites ; ses souplesses ne se peuvent représenter, ses transformations passent celles des métamorphoses, et ses raffinements ceux de la chimie. On ne peut sonder la profondeur, ni percer les ténèbres de ses abîmes. Là il est à couvert des yeux les plus pénétrants ; il y fait mille insensibles tours et retours. Là il est souvent invisible à lui-même, il y conçoit, il y nourrit, et il y élève, sans le savoir, un grand nombre d'affections et de haines ; il en forme de si monstrueuses que, lorsqu'il les a mises au jour, il les méconnaît, ou il ne peut se résoudre à les avouer.

Ceux qui ont voulu nous représenter l'amour et ses caprices l'ont comparé en tant de sortes à la mer qu'il est malaisé de rien ajouter à ce qu'ils en ont dit. Ils nous ont fait voir que l'un et l'autre ont une inconstance et une infidélité égales, que leurs biens et leurs maux sont sans nombre, et que les navigations les plus heureuses sont exposées à mille dangers, que les tempêtes et les écueils sont toujours à craindre, et que souvent même on fait naufrage dans le port. Mais en nous exprimant tant d'espérances et tant de craintes, ils ne nous ont pas assez montré, ce me semble, le rapport qu'il y a d'un amour, languissant et sur sa fin, à ces longues bonaces, à ces calmes ennuyeux, que l'on rencontre sous la ligne : on est fatigué d'un long voyage, on souhaite de l'achever ; on voit la terre, mais on manque de vent pour y arriver ; on se voit exposé aux injures de la saison ; les maladies et les langueurs empêchent d'agir ; l'eau et les vivres manquent ou changent de goût ; on a recours inutilement aux secours étrangers ; on essaye de pêcher, et on prend quelques poissons, sans en tirer de soulagement ni de nourriture ; on est las de tout ce qu'on voit, on est toujours avec ses mêmes pensées, et on est toujours ennuyé ; on vit encore, et on a regret de vivre, on attend des désirs pour sortir d'un état pénible et languissant, mais on n'en forme que de faibles et d'inutiles.

(V. De l'amour et de la mer)

René DESCARTES (1586-1650)
Discours de la méthode (1637)
(Folio essais n° 158)

René Descartes remet en cause la pensée scolastique héritée du Moyen Âge pour tenter d'asseoir la connaissance sur des bases qui ne peuvent être mises en doute. Pour éviter la censure, c'est à l'étranger qu'il écrit ses deux grands ouvrages philosophiques qui sont une introduction à ses travaux scientifiques ainsi que leur prolongement dans la métaphysique. Le Discours de la Méthode pour bien conduire sa raison et chercher la vérité dans les sciences *(1637) cherche, à partir du doute systématique, l'élément qui puisse certifier la première vérité à partir de quoi l'on puisse étayer les sciences. Ce sera le* Cogito *: « je pense donc je suis ». Les* Méditations métaphysiques *tentent de prouver par la raison l'existence de Dieu. C'est pourtant à cause de son rationalisme, de sa croyance en la physique que Descartes sera, de son vivant, suspecté d'athéisme.*

Toutefois il se peut faire que je me trompe, et ce n'est peut-être qu'un peu de cuivre et de verre que je prends pour de l'or et des diamants. Je sais combien nous sommes sujets à nous méprendre en ce qui nous touche, et combien aussi les jugements de nos amis nous doivent être suspects, lorsqu'ils sont en notre faveur. Mais je serai bien aise de faire savoir, en ce discours, quels sont les chemins que j'ai suivis, et d'y représenter ma vie comme en un tableau, afin que chacun en puisse juger, et qu'apprenant du bruit commun les opinions qu'on en aura, ce soit un nouveau moyen de m'instruire, que j'ajouterai à ceux dont j'ai coutume de me servir.

Ainsi mon dessein n'est pas d'envisager ici la méthode que chacun doit suivre pour bien conduire sa raison, mais seulement de faire savoir en quelle sorte j'ai tâché de conduire la mienne. Ceux qui se mêlent de donner des préceptes, se doivent estimer plus habiles que ceux auxquels ils les donnent; et s'ils manquent en la moindre chose, ils en sont blâmables. Mais, ne proposant cet écrit que comme une histoire, ou, si vous l'aimez mieux, que comme une fable, en laquelle, parmi quelques exemples qu'on peut imiter, on en trouvera peut-être aussi plusieurs autres qu'on aura raison de ne pas suivre, j'espère qu'il sera utile à quelques-uns, sans être nuisible à personne, et que tous me sauront gré de ma franchise [...]

Il est vrai que, pendant que je ne faisais que considérer les mœurs des autres hommes, je n'y trouvais guère de quoi m'assurer, et que j'y remarquais quasi autant de diversité que j'avais fait auparavant entre les opinions des philosophes. En sorte que le plus grand profit que j'en retirais était que, voyant plusieurs choses qui, bien qu'elles nous semblent fort extravagantes et ridicules, ne laissent pas d'être communément reçues et approuvées par d'autres grands peuples, j'apprenais à ne rien croire trop fermement de ce qui ne m'avait été persuadé que par l'exemple et par la coutume, et ainsi je me délivrais peu à peu de beaucoup d'erreurs, qui peuvent offusquer notre lumière naturelle, et nous rendre moins capables d'entendre raison. Mais après que j'eus employé quelques années à étudier ainsi dans le livre du monde et à tâcher d'acquérir quelque expérience, je pris un jour résolution d'étudier aussi en moi-même, et d'employer toutes les forces de mon esprit à choisir les chemins que je devais suivre. Ce qui me réussit beaucoup mieux, ce me semble, que si je ne me fusse jamais éloigné, ni de mon pays, ni de mes livres.

(Première partie)

Blaise PASCAL (1623-1662)
Pensées (1670)
(Folio classique n° 2777)

Les Pensées *sont une somme complexe, à la fois fragmentaire et systématique, dans lesquelles jouxtent des réflexions philosophiques, morales et une apologie de la religion chrétienne. L'œuvre est liée aux idées qui secouent le monde contemporain de Pascal : ainsi celles du jansénisme (doctrine austère qui revient à saint Augustin et s'oppose au catholicisme régnant sur la question de la Grâce) auquel il se convertit. Pascal veut démontrer que les discours humains ne cessent de se contredire et ne peuvent trouver de sens que dans la parole divine. Mais à travers cette finalité, il montre ce qui motive la pensée, les causes du désordre des discours et de l'homme dominé par le péché originel. Les misères de l'homme sans Dieu qu'il étudie font également entrapercevoir une réflexion profonde sur la puissance et les dangers du discours, instrument de la pensée qui se piège lui-même.*

Disproportion de l'homme

[…] Car enfin, qu'est-ce que l'homme dans la nature ? Un néant à l'égard de l'infini, un tout à l'égard du néant, un milieu entre rien et tout. Infiniment éloigné de comprendre les extrêmes, la fin des choses et leur principe sont pour lui invinciblement cachés dans un secret impénétrable, également incapable de voir le néant d'où il est tiré, et l'infini où il est englouti. Que fera-t-il donc, sinon d'apercevoir quelque apparence au milieu des choses, dans un désespoir éternel de connaître ni leur principe ni leur fin ? Toutes choses sont sorties du néant et portées jusqu'à l'infini. Qui suivra ces étonnantes démarches ? L'auteur de ces merveilles les comprend. Tout autre ne peut le faire.

(Pensée 72)

Il faut commencer par là le chapitre des puissances trompeuses. L'homme n'est qu'un sujet plein d'erreur, naturelle et ineffaçable sans la grâce. Rien ne lui montre la vérité. Tout l'abuse ; ces deux principes de vérités, la raison et les sens, outre qu'ils manquent chacun de sincérité, s'abusent réciproquement l'un l'autre. Les sens abusent la raison par de fausses apparences ; et cette même piperie qu'ils apportent à la raison, ils la reçoivent d'elle à leur tour. Elle s'en revanche. Les passions de l'âme troublent les sens, et leur font des impressions fausses. Ils mentent et se trompent à l'envi.

(Pensée 83)

Si nous rêvions toutes les nuits la même chose, elle nous affecterait autant que les objets que nous voyons tous les jours. Et si un artisan était sûr de rêver toutes les nuits, douze heures durant, qu'il est roi, je crois qu'il serait presque aussi heureux qu'un roi qui rêverait toutes les nuits, douze heures durant, qu'il serait artisan.

Si nous rêvions toutes les nuits que nous sommes poursuivis par des ennemis, et agités par ces fantôme pénibles, et qu'on passât tous les jours en diverses occupations, comme quand on fait voyage, on souffrirait presque autant que si cela était véritable, et on appréhenderait de dormir, comme on appréhende le réveil quand on craint d'entrer dans de tels malheurs en effet. Et en effet il ferait à peu près les mêmes maux que la réalité.

Mais parce que les songes sont tous différents, et qu'un même si diversifie, ce qu'on y voit affecte bien moins que ce qu'on voit en veillant, à cause de la continuité, qui n'est pourtant pas si continue et égale qu'elle ne change aussi, mais moins brusquement, si ce n'est rarement, comme quand on voyage ; et alors on dit : « Il me semble que je rêve » ; car la vie est un songe un peu moins inconstant.

(Pensée 386)

Pierre CORNEILLE (1606-1684)
L'Illusion comique (1639)
(La bibliothèque Gallimard n° 45)

Corneille est l'un des plus célèbres écrivains du XVIIᵉ siècle et sa gloire dépasse à l'époque grandement les frontières françaises. Il aborde bien des genres dans sa carrière qui s'étend de 1629 à 1664 : poésie et théorie dramatique, hymnes religieux. Mais c'est avec le théâtre qu'il s'affirme dans la tragédie, la comédie, la comédie héroïque, la tragédie-ballet. Si Le Cid *reste son œuvre la plus célèbre, où l'auteur déploie sa conception de l'héroïsme, c'est sans doute* L'Illusion comique *qui est la plus baroque de ses pièces : « Je dirai peu de choses de cette pièce : c'est une galanterie extravagante, qui a tant d'irrégularités qu'elle ne vaut pas la peine de la considérer, bien que la nouveauté de ce caprice en ait rendu le succès assez favorable pour ne me pas repentir d'y avoir perdu quelques temps. » La pièce est conçue sur la mise en abyme du théâtre et sur une réflexion de l'illusion qui, chez Corneille, est liée bien plus à la fausseté des hommes qu'à l'inconstance de la nature. La pièce commence alors que Pridamant obtient d'un magicien de suivre son fils Clindore qui l'a quitté. Il voit ainsi mourir son fils, avant de comprendre que, ce dernier étant devenu comédien, tout n'était qu'une illusion théâtrale.*

PRIDAMANT

Je vois Clindore : ah ! dieux ! quelle étrange surprise !
Je vois ses assassins, je vois sa femme et Lyse !
Quel charme en un moment étouffe leurs discords,
Pour assembler ainsi les vivants et les morts ?

ALCANDRE

Ainsi tous les acteurs d'une troupe comique,
Leur poème récité, partagent leur pratique :
L'un tue, et l'autre meurt, l'autre vous fait pitié ;
Mais la scène préside à leur inimitié.
Leurs vers font leurs combats, leur mort suit leurs
    paroles,

Et, sans prendre intérêt en pas un de leurs rôles,
Le traître et le trahi, le mort et le vivant,
Se trouvent à la fin amis comme devant.
Votre fils et son train ont bien su, par leur fuite,
D'un père et d'un prévôt éviter la poursuite ;
Mais tombant dans les mains de la nécessité,
Ils ont pris le théâtre en cette extrémité.

(Acte IV, scène 7)

Chronologie

Les principaux poètes baroques et leur temps

1.

Le premier Baroque : la poésie par excellence

De 1580 à 1620, tant en France qu'à l'étranger, la poésie épique, lyrique et religieuse tient le devant de la scène : de grandes œuvres voient le jour : *La Jérusalem délivrée* du Tasse en Italie (1581), les *Sonnets* de Góngora en Espagne (1582), *La Lyre* du Cavalier Marin en Italie (1608) et *Les Tragiques* d'Agrippa d'Aubigné en France (1616). La poésie lyrique triomphe avec Jean de Sponde, Philippe Desportes, Étienne Jodelle, Pontus de Tyard (1521-1605) et François de Malherbe, poètes de tout premier ordre suivis d'autres auteurs sans doute moins illustres mais cependant fort intéressants.

1560-1574 Règne de Charles IX (fils de Henri II et Catherine de Médicis)

1562 Début des guerres de Religion.

1563 Clôture du Concile de Trente.

1567 Les protestants assiègent Paris.

1570 Paix de Saint-Germain entre catholiques et protestants.

1572 Massacre de la Saint-Barthélemy.

**1574-1589 Règne de Henri III
(frère de Charles IX)**

1576 Formation de la Sainte Ligue pour lutter contre les protestants.

1588 Journée des Barricades. Henri III fuit de Paris chassé par les Ligueurs.

1589 Mort de Catherine de Médicis, assassinat d'Henri III, Henri de Navarre, protestant, proclamé roi.

1589-1610 Règne de Henri IV

1593 Henri IV abjure le protestantisme.

1594 Expulsion des jésuites.

1598 Édit de Nantes en faveur des protestants.

1600 Mariage d'Henri IV avec Marie de Médicis.

1606 Épidémie de peste à Paris.

1610 Henri IV assassiné par Ravaillac, avènement de Louis XIII et régence de Marie de Médicis.

1610-1617 Régence de Marie de Médicis

1615 Soulèvement du Languedoc, du Poitou, de la Guyenne avec Henri de Condé, chef des protestants.

1616 Arrestation de Condé.

1617 Louis XIII fait assassiner Concini et exile sa mère à Blois.

1. *Étienne Jodelle (1532-1573)*

L'œuvre d'Étienne Jodelle est aussi surprenante que sa vie. Reconnu comme prince des poètes en son temps, ses œuvres poétiques ne paraîtront qu'un an après sa mort. Né dans une famille aisée, Jodelle meurt dans la misère après avoir donné avec le plus grand succès auprès de la cour d'Henri III sa pièce dramatique *Cléopâtre captive*. Mais, soupçonné d'avoir embrassé la foi protestante, il est condamné à mort et ses biens sont confisqués (1564). Il écrit pourtant plusieurs sonnets d'une grande violence pour chanter la gloire des massacres de la Saint-Barthélemy qui ont lieu un an avant sa mort. Reconnue par Ronsard, du Bellay, d'Aubigné, son œuvre poétique mêle à la lyrique amoureuse héritée des grands auteurs du début du XVIᵉ siècle une fureur toute nouvelle qui lui fait dépasser les canons de la poésie pétrarquisante. Cette ardeur fait apparaître sur des thèmes fort connus des images nouvelles, saillantes, où la méditation personnelle se tisse avec le plus grand bonheur à l'inspiration inscrite sous la figure tutélaire de Diane, sœur d'Apollon.

2. *Philippe Desportes (1546-1606)*

La poésie de Desportes, toute consacrée à la lyrique amoureuse, eut une grande renommée dans le dernier tiers du XVIᵉ siècle, et fut l'une des plus prisées du roi Henri III. Gisèle Mathieu-Castellani nous donne un aperçu de son art : « *Singulière poésie amoureuse en vérité, qui chante mieux l'absence de l'aimée que son incertaine présence, adore ses rigueurs et sollicite son courroux, dit la fuite et la dépossession, et, plus que le souvenir, la perte de mémoire,*

l'évanouissement des sensations, l'effacement des sentiments...
Le "penser" se substitue à l'affect, à peine nommé l'objet se dis-
sout dans la représentation intellectualisée; la réalité du
monde extérieur, constamment mise en doute, se défait, tandis
que de la "nature" naguère si vivante ne subsistent plus que
quelques fragments mythiques.» L'œuvre de Desportes,
dont l'univers est fort proche de celui des *Essais* de
Montaigne, est l'une des plus maniéristes de l'époque
tant dans le choix des motifs venus d'Italie et d'Espagne que dans la vision qu'elle donne d'un sens toujours en fuite, ne trouvant jamais de borne pour se
constituer. Le monde de Desportes n'existe que comme
une illusion dont le prix ne se trouve que dans la
beauté que l'on y met.

3. *Agrippa d'Aubigné (1552-1630)*

Nulle autre œuvre n'est plus intimement liée aux
désordres de l'histoire de France de la fin du XVIᵉ siècle
que *Les Tragiques,* épopée flamboyante et lyrique qui
paraît tardivement en 1616. Mais ce poète-soldat qui
insuffle toute son ardeur guerrière et sa flamme de protestant débute sa carrière littéraire par un recueil de
poésie amoureuse, *Le Printemps,* composé entre 1571 et
1573 pour l'amour de Diane Salviati, nièce d'une femme
que chanta Ronsard, et qu'il ne put épouser à cause de
la différence de religion. C'est en 1577 qu'il commence
à chanter les misères du peuple protestant, dans sa plus
célèbre œuvre qu'il termine vingt-deux ans plus tard.
Cette épopée violente, polémique, attaquant précisément Catherine de Médicis et ses enfants, portant
l'anathème sur les catholiques pour leur inhumanité,
dénonce les crimes dont d'Aubigné se veut le premier
témoin, et accumule les preuves devant Dieu de l'hor-

reur perpétrée par les catholiques. L'œuvre ne paraît qu'en 1616, à une époque où les guerres de Religion ont cessé et où le goût du public se tourne de plus en plus vers une poésie moins violente. D'Aubigné, proscrit pour ses écrits (*L'Histoire universelle*, *Les Aventures du baron de Foeneste*), doit s'exiler à Genève, terre protestante où il séjournera jusqu'à sa mort. Là, il écrit sa biographie ainsi que d'ardents pamphlets. Le recueil du *Printemps* ne sera publié qu'au xixe siècle. Victor Hugo reprendra le flambeau qui luit dans *Les Tragiques* pour fustiger les exactions de Napoléon III (*Les Châtiments*).

4. *François de Malherbe (1555-1628)*

Né à Caen, le poète ne connaît la célébrité que tard dans sa vie, à partir de 1605, date à laquelle Henri IV lui accorde audience et lui confère le statut de poète officiel. L'œuvre est plus diversifiée que ne le vit la postérité qui fit de Malherbe le héros du classicisme. *Les Larmes de saint Pierre*, recueil poétique composé en 1585, est marqué par l'influence italienne (le Cavalier Marin) avec une profusion et une magnificence d'images, de pointes. La grande maîtrise de l'écriture que l'on voit dès les premières œuvres est, au début du xviie siècle, mise au service d'une expression de plus en plus épurée, concentrée, jusqu'au dépouillement des dernières œuvres. Sans avoir jamais écrit d'art poétique, Malherbe passe pour avoir ouvert la voie à une nouvelle esthétique. Racan et Maynard, deux de ses élèves, voudront préciser et fixer les conceptions littéraires qu'il eut dans la seconde moitié de sa vie créative : clarté de l'expression, abandon des abus de l'italianisme et des enrichissements de la langue que les poètes de la Pléiade avaient apportés (archaïsmes, termes techniques, néologismes).

5. *Jean de Sponde (1557-1595)*

Issu d'une famille protestante, Jean de Sponde reçoit une éducation humaniste poussée qui fait de lui un traducteur d'Homère, Hésiode et Aristote. Ayant épousé le parti d'Henri IV, il se convertit au catholicisme en même temps que ce dernier. Le poète, qui n'a laissé que deux minces recueils poétiques, *Les Amours*, passait cependant aux yeux de ses contemporains comme l'un des plus grands écrivains. Les sonnets, stances et élégies qui composent son œuvre se déploient dans un superbe flamboiement où tous les éléments de la nature se consument, et où les objets du monde se marient les uns aux autres pour s'annuler. C'est dans les *Douze sonnets de la mort* que culmine un art de l'oxymore le plus violent et le plus beau, qui est motivé par un dessein métaphysique : les oppositions s'offrant comme allégories de la distance qu'il y a entre Dieu et les hommes.

2.

Le deuxième Baroque : vers la diversité des genres

De 1620 à 1645, l'équilibre entre les genres tend à se transformer à mesure que la littérature connaît une plus grande diversité. Le théâtre subit une véritable mutation. La fin des guerres de Religion avec l'Édit de Nantes offre plus de sécurité aux acteurs ambulants et la France, épuisée par la guerre civile, commence à retrouver une relative stabilité. Les auteurs réinventent

le théâtre : comédie héroïque, tragédie-ballet... Le
roman connaît lui aussi de très grands succès avec de
nouvelles formes : le roman précieux (Scudéry), burlesque (Scarron, Sorel). La poésie subit moins de transformations, mais son nuancier change cependant : la
lyrique amoureuse se fait plus précieuse (Tristan l'Hermite, Saint-Amant), l'épopée décroît, l'expression de la
violence fait place à une méditation plus intime ; la poésie libertine enfin se développe avec Théophile de Viau.

1617- 1643   Règne de Louis XIII
1618   Début de la guerre de Trente Ans.
1621   Révolte protestante à La Rochelle.
1622   Richelieu devient ministre.
1624   Famines, pestes et révoltes dans tout le pays.
1628   Siège de La Rochelle contre les protestants.
1629   La Rochelle capitule, massacre de 21 000 pro-
        testants.
1635   Début de la guerre contre l'Espagne.
1636   Famines et révoltes.
1640   Grandes victoires militaires de la France sur
        ses ennemis.
1642   Mort de Richelieu, de Marie de Médicis exi-
        lée à Cologne.
1643   Mort de Louis XIII.

1643-1661   Régence d'Anne d'Autriche
1643   Avènement de Louis XIV qui a cinq ans. Maza-
        rin au pouvoir.
1648   Début de la Fronde : révolte de la noblesse
        contre le pouvoir royal. Fin de la guerre de
        Trente Ans avec les traités de Westphalie. La
        France est victorieuse.
1653   Échec de la Fronde.
1659   Paix avec l'Espagne.
1661   Mort de Mazarin. Louis XIV, âgé de vingt-
        trois ans, décide de gouverner.

1. *Théophile de Viau (1590-1626)*

Né dans une famille noble protestante, Théophile devient, après sa conversion au catholicisme, l'organisateur des plaisirs royaux du jeune Louis XIII. Il reste cependant en butte aux attaques du parti dévot qui l'accuse d'être athée et d'avoir écrit des poèmes obscènes publiés dans le *Parnasse satyrique*. Passant pour être à la tête des libertins, il est condamné au bûcher par contumace (son effigie est brûlée), enfermé deux ans dans un cachot de la Conciergerie. Relâché mais banni, affaibli par les privations et les mauvais traitements, il se cache à Paris quelques mois avant de mourir. Ses œuvres, parues en 1621, montrent une vision sceptique du monde dans lequel la conscience du poète flotte en une rêverie continue. Le plaisir immédiat rencontré au contact de la nature donne des successions morcelées d'objets plutôt que l'appréhension d'une essence : instants fugitifs attrapés au hasard, bribes... Le monde de Théophile se donne dans une captation discontinue des consciences et des sensations. Ce poète libertin a le don de libérer l'univers des conceptions de l'époque qui, derrière la façade chaotique de celui-ci, lisait toujours la présence unifiante de Dieu.

2. *Saint-Amant (1594-1661)*

Musicien, voyageur, grand connaisseur de la poésie italienne, ce poète né dans une famille protestante se fait connaître dans les années 1620 à Paris où il fréquente les milieux libertins (et Théophile de Viau), avant de se convertir au catholicisme pour se protéger. Les reconnaissances du pouvoir royal ne se font guère attendre et il sera l'un des premiers académiciens (l'Académie française est créée en 1635). Son œuvre rompt avec la poésie baroque métaphysique, violente et pessimiste. Saint-Amant a le don de donner vie aux paysages en faisant ressortir leur caractère pittoresque, de passer de la préciosité la plus subtile au fantastique, de la poésie amoureuse à l'épopée. C'est surtout par ses *Œuvres* de 1629 et 1631 que Saint-Amant gagne à lui les suffrages, par un désordre d'images dû à la richesse même de sa vision du monde, mais d'un désordre qui est organisé avec une grande perfection formelle. Le *Moïse sauvé*, épopée de 1653, ne reconduit pas la même réussite. L'épopée ne séduit plus le lectorat et n'arrive plus à soutenir l'intérêt d'un héroïsme statique et grandiloquent qui n'est plus porté par la réalité historique ni la sensibilité françaises de l'époque.

3. *Tristan l'Hermite (1601-1655)*

Ce poète remarquable toucha à de très nombreux genres. Ainsi du roman, *Le Page disgracié* (1643), dans lequel il raconte sa vie de page à la cour où il est attaché à Gaston d'Orléans, frère de Louis XIII. C'est cependant par son œuvre dramatique qu'il touche ses contemporains, avec *La Mariane* (1637) et *Panthée* (1639). Une même diversité court dans le domaine poétique où il touche à la fois à la poésie religieuse (*L'Office de la Sainte Vierge*, 1646), la poésie lyrique avec *Les Plaintes d'Acante* (1633) et *Les Amours* (réédition augmentée du recueil précédent, 1638). Dans ces poésies, deux veines rarement associées sont présentes : l'une, précieuse, inspirée du marinisme et reprenant les motifs du néo-pétrarquisme, l'autre, burlesque, fort à la mode de 1620 à 1650. Entre le soupir et le rire, cette poésie choisit l'artifice plutôt que la nature et la parure de la femme plutôt que la femme elle-même. L'érotisme de Tristan l'Hermite joue du fétichisme qui met en valeur certains éléments de l'être aimé. Un érotisme qui, s'il est affecté parfois, jouant sur le paradoxe, n'en est pas moins intimement lié à la nature élégiaque du poète qui voit dans une femme en deuil que « L'Amour s'est déguisé sous l'habit de la mort », mais qui sait tout aussi bien que l'amour est toujours impossible et cruel, ayant deux déesses tutélaires, Vénus et Diane.

Bibliographie

Voici deux listes qui vous permettront d'approfondir la question esthétique du Baroque et de découvrir des poèmes qui n'ont pas trouvé leur place dans le choix que nous avons effectué. En ce qui concerne les textes poétiques, nous avons préféré vous indiquer des anthologies plutôt que des œuvres complètes souvent difficiles d'accès.

Littérature critique

Annie COLLOGNAT-BARÈS, *Le Baroque en France et en Europe*, Pocket Classiques, Paris, 2003.

Théophile GAUTIER, *Les Grotesques*, Nizet, Paris, 1985.

Bertrand GIBERT, *Le Baroque littéraire français*, Armand Colin, coll. U, série « Lettres », Paris, 1997.

Didier SOUILLER, *La littérature baroque en Europe*, P.U.F., Paris, 1998.

Victor-Lucien TAPIÉ, *Le Baroque*, PUF, coll. « Que sais-je ? », Paris, 1961.

Anthologies

Jean-Pierre CHAUVEAU, *Anthologie de la poésie française du XVIIe siècle*, Poésie Gallimard, Paris, 1987.

Gisèle MATHIEU-CASTELLANI, *Anthologie de la poésie amoureuse de l'âge baroque (1570-1640)*, Livre de Poche, Paris, 1990.

Jean ROUSSET, *Anthologie de la poésie baroque française*, 2 vol., José Corti, Paris, 1954.

Éléments pour une fiche de lecture

Regarder le plafond

- L'organisation du plafond répond à une géométrie très précise : reliez les figures qui se ressemblent entre elles pour la révéler.
- Choisissez un quart du plafond, et décrivez chacune des figures que vous voyez. Toutes relèvent-elles d'un monde imaginaire ?
- Quelles sont les couleurs dominantes du plafond ? Auriez-vous choisi la même palette ?

Le style baroque

- Le style très orné, saturé de pointes, de figures de rhétorique, d'oppositions, traduit la vision qu'ont les hommes de la fin du XVIᵉ siècle et de la première moitié du XVIIᵉ. Tentez d'en retrouver les principaux ingrédients et de décrire leur fonctionnement au sein des poèmes que vous avez choisis :
  — une hyperbole
  — un oxymore
  — une pointe
  — une métaphore

— une métaphore filée
— une syllepse de sens.

Les figures de l'horreur

• Quels effets les cadavres, scènes d'anthropophagie…
  sont-ils censés produire sur le lecteur de l'époque?
  Avons-nous, lecteur contemporain, la même réaction?
• Dans quel but ces figures sont-elles convoquées dans
  les textes? N'y a-t-il pas une séduction de l'horreur
  dans la volonté de montrer les pires choses?

L'art de la persuasion

Le Baroque tente de persuader et se donne comme
un discours de vérité. Pouvez-vous retrouver dans les
différents poèmes des éléments de cette rhétorique de
la persuasion?
• le pathétique
• l'adresse directe ou indirecte au lecteur
• la description
  Quels effets ont-ils sur le lecteur?

Influence, réécriture, métamorphoses

Nombreux sont les auteurs qui ont brodé à partir
d'un même thème ou d'une même œuvre. Diane pour-
chassant Actéon, Narcisse se mirant dans une fontaine…
Le thème de la belle esclave noire que proposait le
Cavalier Marin eut une belle postérité. Cependant, dans
la réécriture, les poètes français rivalisent d'adresse entre
eux et envers le modèle. Aussi les poèmes inspirés par
une même idée sont-ils différents. Quelles sont ces dif-

férences ? Quelles interprétations nouvelles génèrent-
elles ?

Mythologies

Diane est l'une des figures majeures des premières
années du Baroque. Belle, sœur du dieu de la poésie,
chaste et cruelle envers ceux qui l'aiment, elle est un
des modèles de l'amour baroque.
- Relevez les attributs qui servent à la décrire.
- Relevez les situations dans lesquelles elle est décrite.
- En quoi tous ces éléments relèvent-ils de l'esthétique
  baroque ?
- Quelles sont les figures de la mythologie grecque et
  romaine que l'on retrouve le plus ?
- Pourquoi, selon vous, une époque si religieuse, où
  catholiques et protestants s'entre-tuent pour le Dieu
  chrétien, évoque-t-elle toujours des dieux païens ?

Poésie religieuse

La poésie religieuse est un genre très couru à l'âge
baroque. Le sujet demande un traitement différent de
la poésie amoureuse, madrigalesque[1], ou épique. Tentons d'en préciser la spécificité :
- Retrouve-t-on les mêmes figures que dans les autres
  formes de poésie ?
- Comment le thème de l'amour est-il à la fois introduit mais transformé ?
- Comment pourriez-vous définir le mysticisme à partir
  des textes ?

---

1. Le madrigal est une pièce courte en vers qui exprime de façon
ingénieuse une idée galante.

Atelier d'écriture

- Comme à l'Hôtel de Rambouillet, choisissez à plusieurs un thème sur lequel chacun de vous écrira un court poème.
- Après avoir analysé comment fonctionnent les pointes dans les poèmes, vous tenterez d'en composer vous-même.

Sujets d'études ou d'exposés

L'anthologie vous propose des textes qui sont ici organisés selon un ordre thématique. Rassemblez les textes par auteurs. Quels sont ceux qui sont le plus représentés ? Tentez de voir s'il y a des récurrences dans le style, la forme ou les références qui marquent des différences d'un auteur à un autre.

Composition Interligne
Impression Novoprint
à Barcelone, le 5 mars 2004
Dépôt légal : mars 2004
ISBN 2-07-031376-X/Imprimé en Espagne.